ヤンデレ御曹司の重すぎる激情で娶られました

～契約妻のはずが溺愛で離してもらえません～

m a r m a l a d e b u n k o

晴日 青

マーマレード文庫

目次

ヤンデレ御曹司の重すぎる激情で娶られました
〜契約妻のはずが溺愛で離してもらえません〜

ヤンデレ御曹司の重すぎる激情で娶られました

～契約妻のはずが溺愛で離してもらえません～

●金で買われた結婚

八歳の頃に音信不通になった、三歳差の幼馴染み。

記憶から薄れていても、淡い初恋の甘酸っぱさだけは忘れられそうにない。

そんな彼と離れ離れになってから、十八年。

二十六歳になった私――仁和穂香《にわほのか》の前に現れた幼馴染みの千堂柊《せんどうしゅう》は、硬直する私に向けて結婚しろと言った。

そして、自分の目的のために子どもを作れ、と。

＊＊＊

彼と再会を果たす少し前のこと。

寂しげな虫の音をまとわせていた秋の風が、肌を刺す冷たいものに変わっていたのはいつからだっただろう。

先週まで父と『まだ半袖でも大丈夫そうだね』なんて話していた気がするのに、季

ヤンデレ御曹司の重すぎる激情で娶られました

～契約妻のはずが溺愛で離してもらえません～

m a r m a l a d e b u n k o

晴日　青

マーマレード文庫

節が変わるのは本当に早い。

そんなことを考えながら勤務先の食品会社を後にし、電車に乗る。

大学を卒業し、新卒で勤めてから早三年。

営業職や企画職に比べれば地味に思われがちな事務職だけれど、縁の下の力持ちとして誰かのサポートをするのは嫌いじゃなかった。

今日は処理する案件が多かったせいで、帰りが遅くなってしまった。

もう二十一時になろうというのに、電車の中は人が多い。

人々のざわめきが両耳から入ってきて、騒々しく鼓膜をくすぐる。

車両の隅に空いている席を見つけ、ほっと安堵の息を吐いてから腰を下ろした。

なにげなく振り返ると、電車のホームが視界に映る。

うっすらと窓に反射しているのは、疲れのせいか、ただでさえ垂れた目尻が一層下がっている私自身だ。

黒では重たいだろうからとブラウンに染めた髪が、毛先に向けて緩やかなうねりを描きながら、白いニットから覗く鎖骨を隠している。

ややあって電車が動き出した。

仕事の疲れをここに置き去りにできればいいのにと思いながら、窓の外の景色が流れ始めたのをぼんやりと目で追いかける。

今週もとても頑張った。

これだけ遅くなれば、きっと父の帰宅のほうが早いだろう。

十歳の頃に母が亡くなってから、私たちはずっとふたり暮らしだ。

母の思い出が染みついた一軒家は、ふたりで暮らすには少々広い。

以前は寂しさを感じることもあったけれど、大人になった今はある程度心の整理もついた。

ひとり暮らしに憧れないかと言われると、答えるのが難しい。

たしかに大学になって友人たちが続々とひとり暮らしを決めるのを見て、楽しそうだと思う気持ちはあった。

だけどそれ以上に、温厚で人のいい父を残して家を離れる気になれなかったというのが大きい。

父は私の好きにしていい、自分のことは気にしなくていい、と再三言ってくれたけれど、それは私への気遣いであって、本心から望んでいることじゃないだろうと気づいていた。

毎日、母の仏壇に手を合わせる父の小さな後ろ姿。いくつになっても哀愁漂うその背中からは寂しさが拭えず、きっとこれからも変わらないのだろうと思った。

表立って言わないだけで、父は寂しがり屋だ。

そんな人を置いて家を出て行くなんて、とてもできそうにない。

そういうわけで私は、今も父と一緒に暮らしているし、これからもそうするのだろうと思っている。

静かな冬の訪れを感じたせいだろうか。感傷的な気持ちになって、母がいた頃を思い出す。

あの頃は私と父と母と、そしてもうひとり、母の親友だという人の息子が一緒に住んでいた。

なぜ彼は両親と暮らさず私の家で生活しているのか。

幼かった私のなにげない質問に、両親が少し答えづらそうにしていたのが妙に記憶に残っている。

だから私は、彼がどうして兄妹のように五年もともに生活していたのか、なぜある日突然いなくなってしまったのか、今も事情を知らないままだ。

私は三つ年上の幼馴染みを『しゅうくん』と呼んでいた。

無口で人見知りな幼馴染みは、幼い私がうるさいくらい付きまとっても相手をしてくれていたように思う。

いつも一緒にいてくれた彼が私の淡い初恋の相手に選ばれたのは、至極当然の流れだといえた。

最後に言葉を交わしてから、もう十八年が経っている。

今頃、どこでなにをしているのだろう？

向かい側の窓に映る外の景色を眺めながら、小さく息を吐く。

声どころか顔もよく思い出せなくなってしまった人のことを懐かしむなんて、自分でも気づかないうちに疲れが溜まっていたのかもしれない。

土日は父とゆっくり過ごそうかと思っていたそのとき、マナーモードにするのを忘れていたスマホがメッセージの受信を訴えて音を立てた。

慌ててマナーモードにしながら、いったい誰から連絡が届いたのだろうとロック画面を解除して内容を確認する。

『大事な話がある。本当にすまない』

父から届くメッセージはいつも簡素だけれど、今日はことさら内容が伝わってこない。

帰宅を待たずにわざわざ連絡してくるほどの大事な話とは、いったいなんだろう。

今、帰っている途中だと返信してから、胸の内に不安が渦巻くのを感じた。

「ただいま」

玄関のドアを開けながら室内へ声をかけると、なぜか玄関先に父が立っている。

いつもの父ならばリビングで晩酌でもしながら、赤ら顔で『おかえり』と言っていたはずだ。

とても酒を嗜んでいたようには見えない深刻そうな表情と、皺が目立ち始めた顔が陶器と見紛うほど色を失っているのを見て、ここまでに芽吹いていた不安がより大きくなる。

「なにかあった……？」

どう話を切り出すのが正解かわからず、唇を引き結んだ父に問いかける。

父は一度口を開いてから泣きそうな顔をすると、その場で勢いよく土下座をした。

「本当にすまない……！」

「ど、どうしたの、急に」

きれいに掃除された床に額を擦り付ける様は、父がなにやらとんでもないことをしでかしたのではという不吉な予感を呼び起こす。

バッグが肩からずり落ちるのもかまわず、その場に膝をついて父の肩に手を添え、顔を上げさせようとした。

しかし父は頑なに顔を上げようとせず、私に向かって謝罪を続けている。

「話してくれなきゃわからないよ。なにがあったの？」

「借金が……」

胸を突くような震え声はか細く、涙が絡んでひどく聞き取りづらい。

「知り合いが、困っていると、言ったから。保証人……そうしたら、騙されて」

「落ち着いて。とりあえずリビングに行こう？　ね？」

「穂香にだけは絶対に迷惑をかけたくなかったのに……」

断片的な情報だけでも、父の身になにが起きたのか察せられる。

知人の保証人になった父は、騙されて借金を背負わされたのだろう。それもおそらくは、床に額を擦り付けて謝罪しなければならないほどの額を。

氷でも滑らせたのかと錯覚するほど、ひやりとしたものが背筋を伝う。

ともかくこんな状態の父は見ていられなかったし、詳細を聞ける状況でもないだろうと判断し、軽く肩をなでて移動を促した。

だけど父が立ち上がるよりも早く、場違いなチャイムの音が鳴り響く。

まったく予想していなかった来客の気配に、不意打ちを受けた心臓がひと際大きく跳ねた。

「お父さん、誰か来たみたい。出るから、リビングに行ってて」

もう一度父を促し、ついさっき自分が入ってきたばかりのドアに手をかけた。

「どちらさま――」

「不用心だな」

玄関先には見覚えのない男性が立っていた。

一目見てわかる上質なスーツはダークグレー。胸もとを飾るネクタイは、影になっているせいで一瞬黒く見えたけれど、どうやら紺色のようだ。

開口一番に不用心だと言ったその男性からは、夜の暗闇を背負っているせいかひどく重苦しい印象を受けた。

やや長い髪がまぶたに少しかかっており、作られたように整った顔立ちに影を落としている。その奥から覗く切れ長の黒い瞳からはこれといった感情が窺えず、なぜこんな時間に来訪したのかという理由をまったく予想させてくれない。

少なくとも隣に引っ越してきたからご挨拶を、という雰囲気ではなさそうだ。

こんなときでなければ、相手が誰かを確認する間もなくドアを開けるなんて失態を犯さなかったのに、と内心苦い気持ちになりながら、相手に悟られないようわずかに開いたドアの隙間を小さくする。

「……どちらさま、でしょう」

不躾《ぶしつけ》な言葉はとりあえず聞かなかったふりをして、もう一度目の前の男性に尋ねた。

彼は口を開いてから一瞬のためらいを見せ、再び私を見据えて答える。

「千堂柊。……と言って、わかるか」

せんどう、しゅう。

声には出さず唇でその音をつぶやくと、背後で父が息を呑んだ。

「柊くんなのか？」

しゅうくん――。

その響きは、ちょうど帰り道に頭に浮かべていたものとまったく同じだった。

信じられないものを見る思いで、目の前の男性からかつて遊んでいた幼馴染みの面影を探そうとするも、古い記憶から得られるものはないに等しい。

成長すればこんな顔立ちになるような気もするし、そうでないような気もする。

そんな曖昧で不確かな感想しかなかったせいで、知っていて然るべき相手だと言われても警戒を解けなかった。

「……お久し振りです」

意外にも男性――かつてと同じ呼び方をするなら柊くんだろうか――は、父に対して敬意を示すように頭を下げた。

父へ向けた声だって、私へのぶっきらぼうな物言いと違ってやわらかさを感じる。

「本当に柊くんなんだな」

立ち上がった父が柊くんに近づこうとする気配を感じ、背中を壁につけて道を空ける。

こうして並ぶと、彼は一七〇センチあると言っていた父より十センチ近く高い。私とはだいたい二十センチ差あると見てよさそうだ。

父に見上げられた柊くんは懐かしむように目を細めると、形のいい唇によく見なければわからないほど微かな笑みを浮かべた。

そのわかりにくい笑顔を見て、頭の片隅にある古びた記憶がよみがえる。

『これは柊くんの分ね』

透明な袋に包まれた飴は、母がふたりでわけるようくれたものだ。

柊くんはすぐに飴を受け取らなかったけれど、私があんまりにもしつこく押し付けるものだから、最後は諦めてひとつだけ手に取った。

『……ありがとう』

その言葉を発するのが生まれて初めてなのかと思うほどぎこちない礼とともに、普段は引き結ばれている唇の口角がわずかに上がる。

精巧な出来の人形に命が宿るところを目の当たりにした気がして、なんとなく視線をずらした。

そして、同居人の小さな男の子が見せた思いがけない笑みなど少しも意識していないふりをして、飴を口に入れた。


思えばあれが、彼を意識した最初の瞬間だったのかもしれない。

そしてたぶん彼もあの瞬間から、私の前で感情を隠さなくなったのだ。

ひとつ記憶を取り戻すと、忘れたと思っていたものが次から次へと湧き出てくる。

感情を見せるようになった彼は、泣き虫で怖がりだった。

暗い場所を嫌がり、大きな音に怯え、私の両親以外の大人をひどく嫌っていたため、自分が守ってあげなければとお姉さん気分だったのを覚えている。

改めて目の前にいる柊くんを不躾なくらいまじまじと見てみた。

出会ったばかりの頃の温度のない彼と、感情をそぎ落として捨て去ったような今の彼がようやく重なる。

「どうして」

一気に浮かんだ疑問のどれを解消しようとして口を開いたのか、自分でもわからなかった。

私の曖昧な問いに答えようと彼も口を開くけれど、その前にどたばたと夜分にはふさわしくない騒々しい物音が聞こえた。

柊くんが振り返るのに合わせて、私と父の視線もそちらを追う。

車の往来が激しい通路から入り組んだ道をしばらく進んだ先にあるこの家は、一方通行の標識がある細い道に面している。

物音は家の前に停められた二台の車のうち、後から来た物々しい黒塗りの車から降りてきた人によるもののようだ。

「なんだ、うち以外からも借りてたのか?」

相手を威圧するのに長けた髭面の男は、髪のない頭をつるりと手でなでる。

こめかみから側頭部にかけて入れ墨が入っており、いわゆる表社会の人間ではないのだろうと思わせた。

その男の後ろには下卑た笑みを浮かべた若い男が三人。

こちらは品のない褪せた金髪に、見せつけるような大量のピアスと、チンピラ崩れと呼ぶのがふさわしそうだ。

「仁和さん、だな？」

スキンヘッドの男が言うと、父の横顔がひどくこわばった。

父の知人が借金をした相手が常識の通じる相手ではないことは、この状況にもなれば説明されずともわかる。

「……金の件なら、これから時間をかけて返していくと伝えたはずです」

私に謝罪したときと違い、父の発した声は聞き取りやすくはっきりしていた。

自分の不始末は自身の手でカタをつけるという決意を感じさせる。

「そう言って逃げ出す奴が多いもんだからよ。前金として三百万、受け取りに来た」

「聞いていません！　第一、こんな時間に突然来られても、そんな金額……！」

「あんたの事情は関係ないんだよ、仁和さん。こっちも仕事なんでな。それとも、お嬢さんを担保にするかい？」

男たちの視線が動き、父を避けて私で止まった。

舌なめずりでもしそうな無遠慮で嫌悪感を湧き立たせる眼差しだ。

思わず自分の身体を守るように抱き締めるも、それと同時に長身の黒い影が目の前に移動する。

庇ってくれた……？

そう考える前に、咄嗟《とっさ》に柊くんの服の裾を掴んでしまい、すぐに慌てて離した。

その間柊くんは一度も私を振り返らず、現れた男たちと向き合い続けている。

私を守るように立つ彼の背中は、記憶にあるよりもずっと大きく、広い。

「事情は知らないが、仁和家には借金があるのか？」

柊くんが言うと、父が硬い表情で首を横に振る。

「恥ずかしいところを見せてすまない。これはうちの問題だ。話があるならまた明日来てくれないか」

年長者としての威厳を精一杯保った懇願に対し、柊くんもまた首を左右に動かす。

「前金とやらを払わなければ、穂香が担保にされるんだろう？」

「なんだ、兄ちゃん。彼氏さんか？」

男たちが柊くんをあざ笑い、げらげらと下品な声を上げた。

「柊くん、大丈夫だから。ごめんね」

ずっとなにも言えずにいた私も、再び彼の裾を引っ張って彼をこの場から遠ざけようとした。

その手がわけのわからない状況と恐怖に震えていると気づかれないよう、場違いなくらい明るく話しかける。

「久し振りに会いに来てくれたのに、本当にごめんね。でもうちのことはうちで解決するから」

相手は、借金の肩代わりをした父のもとへ、こんな夜遅くに前金を払えと要求するとてもまっとうとは言いがたい男たちだ。

十八年振りに顔を見せてくれた幼馴染みを、そんな危険な相手と関わらせるわけにはいかないし、なにより迷惑をかけたくない。

「お父さんも言ってるけど、また明日来て。お願い」

「……お前たちはいつもそうだ」

ぽつりと柊くんがつぶやいて、私を振り返る。

言いたいことを堪えたその眼差しからは、強い怒りとやるせなさを感じた。

彼の言葉も、瞳に宿した感情の意味もわからず、なにも言えないまま口をつぐむ。

柊くんはさらに私になにか言おうと口を開きかけるも、考え直したように唇を閉ざして、また男たちのほうへと顔を向けた。

「前金は三百万だと言ったな。借金自体はいくらになる」

男たちは柊くんが何者なのか、あまり興味を示していないようだったけれど、この修羅場に足を踏み込もうとする彼を見ておもしろがっているようだった。

「一千万だ。それを利息つきで三か月後に返してもらう」

そんな、と思わず小さな声がこぼれた。

一千万なんて大金を、たった三か月で。しかも利息がつくという。

この様子だと法外な利息を要求されてもおかしくはなかった。

父はどうやってその金を作ろうとしたのか。

それを思うと、ぞっとしたものが首筋から背筋を伝って流れていく。

「だったら支払いを済ませればいいわけだな」

予想していなかったひと言が、目の前から聞こえた。

柊くんはジャケットの内側に手を入れると、そこからいかにも高級そうな黒い革のケースを取り出し、一枚の名刺を差し出した。

「明日全額振り込ませてもらう。だから二度とこのふたりには近づくな」

「柊くん、なにを言って……！」

父がこぼれ落ちそうなほど目を丸くし、彼を問い詰めようとしたときだった。

「株式会社ミルホテル代表取締役社長……!?」

名刺を渡されたスキンヘッドの男もまた、信じられないものを見る目で柊くんと名刺とを交互に見る。

リーダーの男の声が耳に入ったようで、その後ろにいたチンピラ崩れの男たちもざわざわと騒ぎながら驚きの表情を浮かべていた
「ミルホテルってぇと、都内のあのでかいホテルだよな……?」

「この間、海外セレブが結婚式挙げたって話題になってなかったか?」

「なんでそんなとこの社長がこんな場所に……」

下っ端たちの発言は、私が頭に浮かべたものとまったく同じ内容だった。

――ミルホテル。

国内外問わず数多《あまた》の事業を手掛けるミルグループ傘下にある、グループの象徴とも呼べる高級ホテルだ。

一度は泊まりたいと憧れの対象になっているそこは歴史も古く、各国の政治関係者や王族が訪れる際に、外交の場として使われることも多い。

利用した経験のある人間は少なくても、抜群の知名度を誇るミルホテルの代表取締役社長が柊くんなんて、誰が予想できただろう。

「俺はこの人たちと話がある。用が済んだら帰れ」

その場にいる全員の思考を奪った張本人は、先ほどまでとまったくテンションを変えずに冷たく言い放つ。

男はしばらく名刺を持ったまま固まっていたものの、疑いを消しきれない様子で柊くんに話しかけた。

「これが本物だって証拠はどこにある？　こんな紙の名刺、作ろうと思えば誰にだって作れるだろう」

「俺にそんな馬鹿な真似をする理由はない。が、証拠が欲しいなら今から会社に連絡を入れるか？　そうすれば俺が社長だと証明できる」

堂々としたその態度を見て、彼が嘘をついていると思う人間はいないだろう。

男も私と同じように思ったのか、やがて下っ端たちに目配せをして車に乗り込み、その場を去っていった。敵にするには厄介な相手だと悟ったのだろう。

走り去る車の音が聞こえなくなってようやく、停止していた思考が動き出す。

それは父も同じだったようで、柊くんを玄関の内側に招き入れた後、その場にへたりこんでしまった。

「……なんてことを」

父はそれだけ言うと、皺が寄った手で自分の頭を抱えてうなだれた。

「かつて育ててくださった恩返しだと思っていただければ」

悲しみだけでなく、申し訳なさとやるせなさでいっぱいになっている私たちと違い、柊くんの声は冷めたままで、熱を感じない。

どうして彼はこんなに落ち着いているのだろう。

あのミルホテルの社長になっているなんて聞いて、私はまったく状況についていけていないのに。

「こんな形での恩返しなんてされたくなかったよ……」

父の泣きそうな声を聞いて胸が締め付けられたのは私だけだったようで、柊くんは眉根を寄せてはっきりと不快感を示した。

「俺がいなければ解決できなかったでしょう。穂香をあの男たちに引き渡してよかったと？　もしそうなったら、穂香がどんな目に遭うかわからなかったとでも言うんですか？」

「柊くん、やめて」

明らかに父を責める物言いを聞いていられず、彼と父の間に割り込むようにして止める。

「騙されたお父さんが悪いのは、本人が一番わかってると思うから……」

詳細は知らなくても、長年ともに過ごしてきた父の気持ちならわかる。

それに、代わりに借金を払うと言った柊くんへの負い目でいっぱいなのは、私だって同じだ。

柊くんは胸の内に秘めているであろう言葉を呑み込んだ様子で小さく息を吐くと、玄関のドアに背をもたれて腕を組んだ。

この状況にあきれているのか、怒っているのか、それとも軽蔑しているのか。

彼がなにを思ってまだここにいるのかさえ、無表情に近いその顔からは読み取れない。

「金は明日支払っておきます。さっきも言った通り、これは恩返しなので」

再び恩返しだと言われた父が顔を上げ、唇を噛み締める。

「……こんなことのために、今の地位を取り戻したわけじゃないだろう」

「俺は俺の目的のために、したいことのために、千堂を名乗っています」

どういう意味だと、ふたりに尋ねられる雰囲気ではなかった。

自分だけわからないままでいるのも不安で、黙っていられずに柊くんに話しかける。

「お父さんと一緒に、これから一生かけて返すね。巻き込んでしまって本当にごめんなさい」

「……迷惑をかけられたとは思っていない」

「お金以外でもなんでも、必要があったらどんなことでもするよ」

そう言ったとき、ほとんど動かなかった柊くんの表情が驚きと微かな期待に揺らいだ。

「だったら……」

ドアに背をもたれていた柊くんが姿勢を正し、私に向かって一歩踏み出す。

急に近づいた距離に心臓が跳ねたのも束の間、大きな手で肩を掴まれた。

「俺と結婚してくれ」

一気に空気が張り詰め、痛いほどの静寂が鼓膜を突く。

針が落ちた音さえ明瞭《めいりょう》に響きそうな沈黙の中、いつの間にか止めていた吐息が自分の喉奥から漏れた。

「な、に……」

「俺はミルグループの後継者の椅子が欲しい。現会長である父に認めさせるには妻が必要だ」

「でもあなたには……」

兄がひとり、いたはずだ。

記憶の片隅から拾い上げたものを告げようとすると、なにを言うか察したように長い指が私の肩に食い込む。

言うな、と咎められている気がして、黙ることしかできなかった。

服越しに伝わる彼の熱が、この状況を一瞬忘れそうになるほど私の胸を高鳴らせる。

「急に言われても……結婚なんて」

後継者の件には触れず、彼の提案から解消させるべく話を戻す。

だいたい、ミルグループの現会長が彼の父だという話も今初めて聞いた。

「どんなことでもしてくれるんだろう？」

立ち位置の問題か、光を映さない黒い瞳が私を捉えて逃がさない。

「俺と結婚して、子どもを産め。……そこまですれば、誰も文句は言えない」

柊くんが私に望んでいるのは、後継者の座を手に入れるためのお飾りの妻。

たしかに古い体質の、そして親族経営を行う会社では、そういった政略結婚が必要だというイメージはある。

「そこまでする必要があるの……？」

「……ある」

短い間を置いて柊くんが返答する。

「待ってくれ、柊くん」

よろよろと父が立ち上がり、すがるようにして柊くんの服の裾を掴んだ。

「穂香は巻き込まないでくれないか。借金の肩代わりについては本当に感謝してるし、申し訳ないとも思ってる。だけど、穂香はなんの関係もないんだ」

「俺の要求を呑めないなら、今この場で肩代わりした金を支払ってください」

父が息を呑む。

その様子を見ていられず、覚悟を決めて深呼吸した。

「どんなことでもする……って言ったのは私だもんね」

「穂香」

父が泣きそうな顔をするも、安心させるために笑顔を作って返す。

「どうせ結婚する予定なんてなかったし、柊くんに助けてもらったのは事実だよ。まったく知らない人と結婚しろって言われたら困るけど、柊くんなら……」

一度はこの家で一緒に過ごした人だから、と続けようとしたとき、まだ私の肩に乗っていた柊くんの手に少し力が入った。くりとして彼を見上げるも、その表情には相変わらず感情が見えない。

「柊くんと結婚して……子どもを産めばいいのね？」

「……そうだ」

熱い手が肩を離れ、代わりに私の頬をなぞる。

壊れ物を扱うようにこわごわ触れてくる指先は、これまでの彼の冷たい言動といまいち噛み合わない。

「ほかに条件はある？」

「追い追い決める。今、主に生活しているのはこの家か？」

「うん。結婚するなら……引っ越さなきゃいけない、よね」

どうしようもない事情ができたとはいえ、父をひとりにしなければならない。

ほかの方法を探す前に結婚を承諾したことを後悔するも、今さら考え直すわけにはいかなかった。

「そうだな」

柊くんが言った直後に、父が身じろぎする。

「お父さんなら大丈夫だ。気にしなくていい」

心の内を見透かす眼差しに胸が締め付けられた。

「わかった。……すぐに引っ越しの準備をするよ。それで助けてもらったお礼になるなら……」

　いつまでも後悔していられない、と柊くんを見つめる。

「頑張ってあなたの妻を務めます」

　幼い頃の初恋の相手とはいえ、それは過去の感情だ。

　今は名前を知っている別人にしか見えず、初恋の人と結ばれる喜びはない。

　ただ、自分でも驚くほど気持ちが落ち着いている。

　覚悟が決まっているから、というならそういうことなのかもしれない。

　再会して一時間も経っていないのに、彼なら大丈夫だろうと思えているのは、借金取りたちが現れた際に無言で庇ってくれた姿を見たせいだろうか。

　代わりに借金を支払うと言ったところから考えるに、勘違いだったとは思えない。

「これからは千堂穂香かな」

　父に心配をかけないためにわざと明るく言う。

「慣れないとね」

「そうしてくれ」

　頬をくすぐっていた指が離れるのを目で追いかけると、柊くんはその指を自分の唇にそっと押し当てた。

なにげない仕草だったけれど、私のぬくもりを指越しに自分の唇へ移そうとしているふうにも見えて、微かな戸惑いと動揺が胸の内を駆け抜ける。

あまりにもいろいろなことが一度に起きすぎたせいで、なぜ彼が十八年振りに会いに来てくれたのかを聞くタイミングを失ってしまった。


一週間も経たないうちに、私は柊くんの住む家へ越していた。

実家は職場を間に置いてちょうど反対の位置にある。気軽に行けるかと言われると悩ましい距離だけれど、無理ができない距離でもない。

これから新しい住居となる家に荷物を運びこむと、ラフなシャツを着た柊くんに部屋まで案内される。

てっきりタワーマンションの最上階にでも住んでいるのかと思いきや、柊くんが居を落ち着かせているのは二階建ての一軒家だった。

いわゆるデザイナーズハウスだ。

小さなマンションのように見える四角く白い建物は塀に囲まれており、道路とガレージが繋がっている。

塀の内側に向けてサンルームへ続く庭があるけれど、すっきりとした芝生が広がるだけで、池や花壇があるわけではなかった。どちらかというと空き地に近い。

「一階はリビング、ダイニング、和室。キッチンもここにあるがほとんど使わない」

ひとり暮らしには広すぎる家を案内しながら、柊くんは意外なほど親切に中にあるものや現状を説明してくれた。

「普段の料理はどうしてるの？　自炊はしない？」

「適当に済ませている」

端的に答えた彼の視線の先には、ダイニングテーブルがあった。その上にスーパーでよく見かける八枚切りの食パンが見える。

まさか外食しているという意味ではなく、食パンをかじっているという意味なのだろうかと、思わず柊くんを見てしまった。

「お前は好きにしていい」

「うん、わかった」

突き放した物言いではないのを聞く限り、会社を継ぐための妻だからと没交渉でいるつもりはなさそうだ。

「二階は私室と寝室。それと書斎と物置がある」

二階へ上がる階段に上る際、柊くんは私に向かって左手を差し出した。

その薬指に光る指輪は、私の指にはめられたものと同じものだ。

彼にそんな気はなかったとしても、今までと違う関係にあることを改めて見せつけられてどきりとした。

手すりがついている以上、手を引いてもらう必要はないけれど、気遣いを無下《むげ》にするのも申し訳ない気がして、ためらいがちにエスコートをお願いする。

手を握って引っ張るというよりは、ただ添えているだけ。触れているのに微妙に距離を感じて落ち着かない気持ちになる。

ぎこちないとまでは言わないものの、慣れているとも言いがたいエスコートは、彼が他人に――特に女性に対し、こういった接し方をする経験が少なかったんじゃないかと思わせた。

「俺の部屋はここだ。お前の部屋は寝室を挟んで隣にある」

柊くんは私を自室に入れようとせず、閉じたドアの前へ案内するだけに留めた。

説明を受けて言われた先に目を向けると、廊下にはほかに四枚のドアが並んでいる。目の前のドアが柊くんの部屋で、その隣は寝室。その横が私の部屋だとしたら、残りの二枚のドアは書斎と物置だろう。

「掃除のとき、入らないほうがいい部屋はある？」

「……別に掃除をする必要はないが」

「でも妻って家事をするものじゃないの？」

言ってから、少し古い考え方だっただろうかと心配になる。

柊くんはしばらく物憂げな表情で悩んでから口を開いた。

「俺の部屋はいい」

この返答は、入らないほうがいい部屋はどこか、に対してのものだろう。

妻として家事をすることは認められたようだ。

「書斎は平気？」

「ああ」

彼が質問に答えてくれるたびに、自分の中にある緊張が少しずつほどけていく。

こんな形での結婚になったとはいえ、徹底的に私を道具扱いするつもりではないらしいと実感できるからだ。

「家具は適当に揃えたが、ほかに必要なものがあるなら好きに買え」

そう言って柊くんが開いたドアは私の部屋のもの。

中は広すぎず狭すぎずのちょうどいい塩梅《あんばい》だ。正確にはわからないけれど、八畳程度だろう。

だだっ広さを感じないのは、既に木目調のシェルフや小さな丸テーブル、家に仕事を持ち帰った際に作業しやすそうなデザインデスクが用意されているからだ。

さらに言うなら、私が自宅から送った衣服や私物の入った段ボール箱がいくつも床に並んでいる。

「見ればわかるだろうが、クローゼットはそこだ。家具の配置は適当に変えてかまわない」

「うん。いろいろと急に揃えることになって大変だったよね。ありがとう」

どういたしまして、という返答を期待していないといえば嘘になる。

彼は私の質問に答えてくれるし、こういった説明も惜しまないけれど、大抵の場合会話を続けようとせず、一方通行で終わらせる。それが少しもどかしい。

案の定、柊くんは私のお礼に反応することなく、長居を拒むように廊下へ出て行く。

その後ろ姿を追いかけながら、これから自分の部屋となる場所を振り返り、消えかけていた緊張が戻ってくるのを感じた。

……ここにはベッドがない。

そして、隣にはご丁寧に寝室が用意されている。

自分のひそやかな足音にさえびくつくほど意識しているせいで、喉がからからになっていた。

柊くんは一度通り過ぎた寝室のドアの前で立ち止まると、ドアを開けてから私のほうを見る。

中に入るよう促されているのだと気づいて、一気に緊張が増した。

「寝室も……結構広いんだね」

足を踏み入れると、部屋の中心に大きなベッドがあった。

ひと家族が全員寝転んでもまだ余裕がありそうなサイズを見る限り、ダブルどころかキングサイズなのではなかろうか。

背後でドアが閉まる音に心臓が止まりそうになりながらも、意識していないふりをしてベッドに近づき、真新しく見えるシーツに触れる。

ベッドカバーは紺色で、外の光を遮るカーテンも同系色。暗い寒色系を好んで揃えているのかは知らないけれど、彼のイメージにはぴったりだ。

「もしかして普段はあんまり使ってない？　新品みたい」

「結婚に合わせて新調した」

「わざわざ？」

変な方向に考えまいと軽い話題を振ってから、早くこの部屋を出ようと振り返ろうとする。

だけどその前に肩を掴まれたかと思うと、声を上げる間もなくぱりっと張ったシーツの上に押し倒された。

なにが起きたか理解する前に、柊くんが私の上に覆いかぶさり、手首を掴んで縫い留める。

「ここでなにをするかわかっているか？」

再会してから変わらない淡々とした温度のない物言いに、ほんの少しだけ私を窺う気配が紛れ込んでいる。

彼が私に要求したのは結婚して妻になること。そして彼の子どもを産むことだ。

わかっているからこそ、忘れられないからこそ、早くこの部屋を出たかったのに、柊くんはそんな私の考えを見抜いていたのかもしれない。

「わかってる、よ」

私を見下ろす柊くんの暗い瞳からは目を逸らさず、自分の覚悟が決まっていることを伝えるように、もう一度はっきりと口にする。

「わかってる。……ここに来て拒んだりしないよ」

シーツの衣擦れが聞こえたと同時に、手首を掴んでいた柊くんの手に力が入った。

私は目を逸らさず見据えていたのに、彼のほうから視線をずらしてしまう。

「なら、いい」

先ほどまでよりも低い声がかすれて——艶を含んでいる。

本能的にこの後の展開を予想してぎゅっと目を閉じると、思った通りの場所にやわらかな熱が触れた。

すぐに離れたのを察し、目を開ける。

今までにない距離に柊くんの顔があった。これまでずっと感情を押し殺してきたふうだったのに、ひどく切なそうな光が瞳に宿っている。

どうしてそんな目で見つめるの——。

そう言葉にする前に二度目のキスが落ちた。

今度は心の準備をしていなかったせいで完全な不意打ちとなり、無意識に身体をこわばらせて身じろぎしようとする。

それを逃げたがっているとでも判断したのか、柊くんはますます強い力で私を押さえ込み、強引と言っても過言ではない迫り方でキスを求めた。

生ぬるい感触が唇を割って中に潜り込み、歯列を避けて私の舌を引きずり出そうと奥を探る。

呼吸の苦しさに自分から唇を開けば、容赦なく舌を絡められて声にならない声がこぼれた。

キスは初めてだと、この先の行為も経験がないのだと、どのタイミングで言うのが正解だったのだろう？

迷っているうちに、最初は余裕のなさを訴えていた激しいキスが落ち着き、徐々に甘いものへと変わっていった。

口腔をくすぐる舌の感触は慣れそうにない。頬の内側や口蓋の熱まで奪い去ろうとする執拗なキスには眩暈さえ感じる。

外気を求めて口を開くと、待っていたかのように舌を擦り合わされるのが少し恐ろしい気もした。

あまりにも熱心に、丁寧にキスを繰り返されるせいで、このまま窒息してしまいそうだ。

次第に頭がぼんやりし始めた頃、ニットの裾辺りをさまよう手の気配に気づく。

明確にキスの先を求めているのを感じ、咄嗟にその手を止めていた。

「拒まないんじゃなかったのか」

低い声が不満げに、それでいてどこか安堵したように響く。

「そうじゃなくて……シャワー浴びてからのほうがいいかなって……」

本当はもう少しだけ心の準備も欲しいけれど、私と彼は残念ながら対等な立場にない。

それでも時間稼ぎのためにあがくのは、初めての経験に対する小さな恐れがあるからだ。

階段を上るときにも手を差し伸べるほど気遣ってくれた彼ならば、言葉を重ねなくても察してくれるのではないかと期待したのに、返ってきたのは噛みつくような口づけだった。

「このままでいい」

無遠慮なほど荒っぽく、下着ごと服をまくられて悲鳴を呑み込む。

やわらかなふくらみに顔を寄せた柊くんは、そこに優しく唇を押し当てた。

「シャワーを浴びなくてもきれいだ」

胸もとに顔を埋めているおかげで表情は見えないものの、その声には高揚感と隠しきれない熱が乗っていた。

まるでとても素敵な宝物を見つけ出した子どものように無邪気に聞こえる。

だからだろうか、自分でもわけがわからないくらい突然胸がいっぱいになって、空いた片手を彼の背に回してしまったのは。

——柊くんは、私の初恋の人なんだ。

とっくに過去の感情だと思っていたそれが、一気に込み上げてきて溢れ出す。

初恋の人だからといっても、今は違うはずだった。

でもいざこうして彼に愛されるとなると、あの頃の想いはちゃんと残っていて、消えたわけじゃなかったのだと思い知る。

「ここのほくろ、懐かしいな」

たしかな温度を宿した声がお腹を伝って右の腰に近づく。

彼が言うようにそこには小さなほくろがあった。

幼い頃にふたりで入浴した記憶はあるから、そのときに見られていたのだろう。

「なんで……覚えて……」

柊くんは答えの代わりにまた触れるだけの口づけを贈った。

先ほどから同じことをされているのに、キスのたびに彼の熱を移されているとしか思えないほど、身体の火照りが増していく。

ずくんずくんとお腹の奥が疼いて怖かった。

自分がどうすべきかもわからないまま、怯える身体を溶かそうと唇での愛撫を続ける柊くんにすがる。

勝手に唇からこぼれ落ちる濡れた声も怖い。こんな自分の声は一度も聞いたことがなかった。まるで泣いているみたいだ。

私がいやいやをするのもかまわずに、柊くんは服も下着も奪って太ももに唇を押し付けてくる。

恥ずかしくて顔から火が出そうになっている私を、彼は言葉ではなくひたすら優しく触れることで翻弄していた。

触れられてこわばった太ももをやんわりと掴まれて、少しだけ強引に左右へ割り開かれると、ますます自分の反応が怖くなって情けない声が漏れる。

「そんなことしないで……」

誰にも触れさせたことのない場所に彼の吐息を感じて訴えるも、次の瞬間には未知の感覚が電流となって全身を走り抜けていった。

「や、やだ。やだ……っ」

私が泣き言を漏らせば漏らすほど、より熱心に責め立てられる。

膝裏を持ち上げている彼の手は、階段で触れたときよりもずっと熱くなっていた。

その動きに合わせ、彼の髪が太ももに擦れて、一層私の感覚を鋭敏に尖らせていく。

全身の神経が彼の舌先に集中させられているかのようだった。

腰が勝手に跳ねるのを止められず、何度も駄々をこねて、快感から逃げるために身をよじるも、あんなに冷静に見えていた柊くんはむきになって同じ場所ばかり執拗に刺激する。

だんだんと背筋を上ってくる得体の知れない焦りに追い詰められ、彼の艶やかな黒い髪をきつく掴んで背中をのけぞらせた。

こんなに強く掴んだら痛いかもしれない、などと気を使っている余裕はとうに奪われている。

声にならない悲鳴を上げて一気に脱力すると、ようやく柊くんは私を解放して身体を起こした。

「穂香?」

気遣いと申し訳なさが入り交じった声とともに、汗ばんでしっとりと湿った頬を指先でなでられる。

「やだって言ったのに……」

ひくりと喉を鳴らして訴えると、私を見下ろす柊くんの目が小動物のように丸くなった。

「なんで意地悪するの……」

今なら聞いてもらえるかもしれないと期待を込めてもうひと押し。

しかし、柊くんはそれを聞いてふっと微笑した。

「お前は昔からなにも変わらないな」

どういう意味だと尋ねるよりも早く、彼は勢いよく自分のシャツを脱いでベッド脇に投げ捨てた。

細身ながらも引き締まった肌が目に入り、またひくりと小さく喉が鳴る。

胸の下から下腹部にかけての色白な丘陵は、三十歳に近づけば緩みがちになってもおかしくないというのに、うっすらと均等に割れていた。

服を着ていた間は意識しなかったけれど、胸板はほどよく厚く、肩幅も広い。

男性的な魅力が匂い立つようで、目のやり場に困る。

それでいて視線を逸らすことができずに釘付けになっていると、柊くんの手が自身のベルトにかかるのが見えた。

さすがにそこから先を直視するのは刺激が強すぎる気がして、勢いよく顔を背けてシーツに頬を擦り付ける。

また、ふっと笑う気配がした。

笑った顔をちゃんと見たいと思ったけれど、ベルトを外す際の金属音は予想以上に私の緊張を煽り、自分でも意識していなかった欲情を呼び起こそうとする。

「穂香、こっちを向け」

片手だけ頬に添えられて、彼のほうを向くよう誘導された。

「キス」

これ以上ないほどわかりやすい指示を受け、降りてきた彼の唇を受け止めると、よくできましたと言わんばかりに髪をなでられる。

その仕草があんまりにも優しかったものだから、たまらなくなって広い背中に腕を回してしまった。

どれだけの人が、初恋の人に初めてを捧げられるのだろう？

そのうちのひとりになれたことをうれしいと思うなんて。

「穂香」

唇を触れ合わせたままもう一度私の名を呼ぶと、柊くんはそのままゆっくりと私と自分の熱を重ねて溶け込ませる。

引きつるような痛みに身体をこわばらせた瞬間、また髪をなでられた。

「平気か？」

この痛みを与えているのはほかでもない柊くんなのに、ひどく心配した声音で尋ねられて、胸の奥がざわつく。

彼が私を心配しているのは嘘じゃないだろうが、ベッドの外にいたときとは違う余裕のない表情には、間違いなく興奮と喜びが見て取れた。

ひどい人だ、と素直に思う。

心配するくせに、平気かと尋ねるくせに、この行為をやめようとはしないのだから。

「……ん、平気」

ぎゅっと力を込めて彼を抱き締め、深い場所でその熱を感じようとする。

結婚しろと言ってきた相手が柊くんでよかったと、なぜかこんなときに思った。

●好きと嫌いは難しい

シーツの海に溺れて深い眠りに沈んだ翌日、まぶたを優しく刺激するやわらかい朝日を感じてゆっくりと目を開いた。

昨夜の倦怠感がまだ身体に残っていて、いつもよりも重い気がする。

これが初体験を迎えた翌朝というものなのかと思ったものの、すぐに身体に重さを感じるのはそれだけが理由ではないと気づいた。

「……柊くん？」

彼は私を抱き込むように腕を回し、脚まで絡めていた。

最後に残った記憶が生まれたままの姿だったと思い出してどきりとするも、どうやら私が気絶するように眠った後に寝間着を着せてくれたらしく、着心地のいいシャツにくるまれている。

柊くんもまた、少し丈の長いシンプルな黒シャツを着ていた。

目覚めてすぐこの状況に気づかなかったのは、それだけ昨夜の影響が残っていたということなのだろうか。

たしかに頭はまだぼんやりしているし、思考の速さもずいぶん緩慢な気がする。

ひとまず彼の腕から抜け出そうと身じろぎすると、その動きのせいで覚醒したらしい柊くんが至近距離で顔をしかめた。

皺が寄った眉間と、まぶしそうに開くまぶた。

まじまじと見ていたせいで、目覚めた彼と思いきり目が合ってしまった。

「……おはよう」

明らかに水分が足りていないかすれた声は低く、それでいて昨日の夜にも感じた艶を残している。

「おは、よう」

まさか挨拶をしてくれるとは思わず、少し反応が遅れた。

柊くんは私が自分の腕の中にいることを確認するように手を動かすと、ほっと息を吐いてまた目を閉じる。

「身体は平気か？」

「え？」

「初めてだとは知らなかった」

柊くんの手が労わるように私の背をなで、腰まで滑って止まる。

「知っていたら、もっと優しくした」

ほんのり眠気を残した声色は、昨日の彼と違って子どもっぽさを感じさせた。

だけど大事なのはその言葉の中身だ。

形だけの契約妻なのに優しくしようとしてくれていたなんて、自分が単なる道具ではないと教えてもらえたようでうれしい。

彼は義務以外の感情を抱いて私と熱を交わしたのだと、なにげないひと言から伝わってくる。

「まだちょっと身体が重いけど、大丈夫だよ」

「……ん。ならいい」

くあ、と柊くんが気の抜けたあくびをこぼした。

ずっと張り詰めた空気を感じていたのもあって、ずいぶん無防備な姿だと内心驚く。

「今までひとりも恋人がいなかったのか？」

いくぶん穏やかな表情になった柊くんに尋ねられ、どういう意図での質問かと考える。

「いなかったわけじゃないけど、長続きしなかったかな」

「……いたのか」

むっとしたように言われてぎょっとする。

ぎしりと音がしたかと思うと、柊くんが起き上がって私の顔の真横に手をついた。

先ほどまで眠そうにしていたのに、昨夜も見せた激しい熱を宿す瞳が私を映している。

「いつの話だ」

「ど……どうしたの」

いちいち説明されなくても、彼が機嫌を損ねているのは明らかだった。

自分で聞いたくせに、恋人がいたという回答は予想していなかったようだ。

「結婚するために別れた相手とかはいないから安心して──」

「そういうことを聞いているんじゃない」

悪いことをした覚えはないのに、責められている気になるのは、柊くんの声音が鋭いせいだ。

「今まで好きになった相手がいたのか」

その言葉がやけに寂しさと切なさを帯びて聞こえ、意図せず心臓が跳ねた。

彼は自分がどんな顔をしているのか、きっとわかっていないのだろう。

いつ暴れ出してもおかしくない獣を抑え込むような、激しい感情を無理矢理抑え付けるつらそうな表情だ。

「いた……と思う」

素直に答えはするものの、学生時代の微妙な恋愛が『ごっこ』ではなかったと言い切る自信はない。

そういうものだからと友人たちの見様見真似で恋人を作った結果、手すら繋がずに終わってしまったのだから。

それでもふたりで喋るのが苦ではない相手だったから告白に応え、別れを告げられる瞬間まで一緒にいたのだ。

「……そうか」

顔の真横についた手が、シーツをきつく握りしめて衣擦れの音を立てる。

その音はまるで歯ぎしりのようにも聞こえた。

「お前は俺の妻になったんだ」

柊くんは器用に片手で自分を支え、もう片方の手で私の顎を掴んだ。

「過去の男は全員忘れろ。お前が愛していいのは俺だけだ」

おとがいを捉えた指に力を入れられ、軽く持ち上げられたのちに唇を塞がれる。

昨夜ほど余裕のなさを感じさせないにしても、決して甘く優しいキスとはいえない強引なものだった。

唇と舌先を甘噛みされても、どうやって抵抗していいかわからずただ受け入れる。彼のキスで昨日までは知らなかった熱が自分の内に湧き上がるのを感じ、自身の変化が怖くなって広い背に腕を回してすがりついた。

柊くんは『愛していいのは俺だけだ』と言ったけれど、自分の目的のために必要な形だけの妻の愛なんて求めているのだろうか？

そう思ってから、契約妻とはいえ、妻が夫以外の相手に心を移すのは、大企業の後継者を目指している彼にとって非常に困ることだろうと考えを改める。

円満夫婦とまではいかずとも、良好な関係の夫婦でいたほうが当然人の印象はいい。

「契約関係なのに愛せって言うんだね……？」

「おかしいか」

あまりにも柊くんがはっきり言うものだから、私のほうがおかしなことを言っているんだろうかと錯覚した。

「おかしいと思う……けど、おかしくない？　だって愛し合って結婚したのならともかく、そういうわけじゃないんだよ」

「……だったら契約内容に、俺を愛することも加える」

「そんな横暴な――」

なぜ、を言わせないキスに溺れさせられ、考える力を奪われる。

それでも黙って流されるわけにはいくまいと、キスの合間に自分の考えを伝えた。

「浮気の心配をしなくても、ちゃんと柊くんだけを好きになるよ」

柊くんの肩が熱いものでも押し当てられたかのようにびくりと跳ねた。

「ほかの人は好きにならないって約束する。本当だよ」

「証明してくれ」

両脚の間を膝で割られたせいで、彼の指と舌を散々感じた場所を隠せなくなる。

性急な様子で太ももに伸びた手が、今も心と身体に残る生々しい快感を呼び起こそうとさまよった。

朝からすることではないと思ったけれど、どうしても触れてくる指の熱さを拒みたくない。

これが彼との契約で必要な行為だと理解していても、この甘美な誘惑に応えた結果、どんな悦びを与えられるのか知ってしまった。

なにより、彼は初めての経験に翻弄されるばかりの私を、このうえなく優しく導いてくれたのだ。

ただ、困ったことがあるとすれば、ほかの人を好きにならない約束とやらを、どう証明すればいいかわからなかった。

思いがけない結婚生活が始まっても、急に妻としての意識が芽生えるわけではなく、新しい環境に慣れるまで少し時間がかかった。

まず、私は退職を決めた。

次期社長の妻として立ち居振る舞いや、話術を身につけること、外国語の勉強など、やることがたくさんあるらしく、両立するのが難しかったためだ。

これに関しては柊くんと話し合い、お互いに納得している。

ただ、おかげで慌ただしく引き継ぎを行うことになり、忙しい日々を送っていた。

「仁和さんの後任を見つけるのは骨が折れそうだよ」

赤ら顔の人のいい上司が、心から残念そうに言うのを聞いて申し訳なくなる。

「すみません、急な話で……」

退職に向け、有給を消化する期間になるまでは、今まで通りこうして通っている。

「いやいや、おめでたいことだからね。気にしなくても大丈夫。それにお相手はあのミルグループの社長さんなんだろう？　そうなると普通の奥さんとは違うんだろうし、いろいろ覚えることも増えて大変じゃないのかい？」

正確に言えばミルグループの御曹司で、その系列にあるミルホテルの社長だ。

水を差すのも申し訳ない気がして、余計な指摘はしないでおく。

「そうですね。場合によっては接待の場やパーティーへの参加もあるそうです」

柊くんに軽く説明されたとき、一般人としてやってきた自分がそんな上流階級の世界に入っていけるのだろうかと心配になった。

私の正直な不安に対し、柊くんが返したのは『俺だって別に上流階級の育ちじゃない』というものだったのが、今も引っかかっている。

千堂家での暮らしにいい思い出がないらしく、彼は自分の過去を語りたがらない。

「いやあ、本当に大変だ」

こめかみを掻きながら言った上司の言葉で現実に戻り、自虐的な笑みを見せていた柊くんを頭から振り払う。

「なにかあったらいつでも相談に乗るよ。あんまり力になれないかもしれないけれど」

「お気遣いいただきありがとうございます。そのお気持ちだけで充分です」

「うちもいい思いをさせてもらっているからね。おあいこだよ」

「いい思い、ですか？」

思わず聞き返すと、上司がきょとんとした顔になってから、すぐに説明をしてくれた。

仕事から帰った後、私よりずっと遅くに帰宅した柊くんに昼間の話をする。

「うちにミルホテルから広告を依頼したの？」

「ああ」

靴を脱ぐのも待たずに慌ただしく質問する私を見ても、柊くんは嫌な顔をしなかった。

「今日、話を聞いて驚いたよ。どうしてそんなことをしたの？」

私の勤め先はいわゆる中小企業で、残念ながら著名な一流ホテルから打診をされるほど、大きな実績や経験がない。

「俺の都合でお前を辞めさせるからには、相応の詫びが必要だろう」

ネクタイを緩めながら二階の自室へ向かう柊くんを追おうとして、さすがに落ち着きがなさすぎると反省する。

食事の用意をして待っていると、部屋着に着替えた柊くんが階段から下りてきた。

テーブルに並んだ料理を見て目を細めた後、いつもふたりで食事をするときの定位置に座る。私がキッチンを背にした席で、柊くんはその向かい側だ。

「さっきの話なんだけど」

いただきます、と手を合わせてから口を開く。

「昔もそんなことなかったっけ」

「……どれだ」

同じく控えめに手を合わせてから食事を始めた柊くんが、訝しげな顔をして言う。

「お母さんになにかのお詫びで、折り紙をプレゼントしてた気がするんだけど……」

「それならお前が出かけるのを俺が邪魔したときの話だな。渡したのは折り紙で作った鶴だ」

「よく覚えてるね」

「……お前が忘れっぽいんだ」

遠い過去の記憶は、もうとっくに失われたのかと思っていたけれど、彼との再会によって懐かしい思い出がいくつもよみがえる。これもそのひとつだ。

その日、幼い私は母とふたりで外出する予定だった。

だけど普段はわがままを言わない柊くんが、どうしても私と遊びたいと母に訴えたのだ。

それを聞いた母は三人で外出することにし、問題を解決したのだけれど、後日柊くんが『自分のせいで予定を変えてしまったから』とお詫びに母へプレゼントを贈ったのである。

「昔の話と、俺が広告の依頼をした話に関係があるのか？」

ほんのり棘を感じる言い方に聞こえたものの、表情に変化はない。

つまらない話をしてしまっただろうかと不安になって、自分の意図を口にする。

「昔から律儀なんだなって言いたかったの」

「……誰だってこのくらいやる」

「そうかな？」

「お前が知らないだけだ」

薄ぼんやりとよみがえった記憶を振り返り、苦笑しながら空になっていたグラスに麦茶を注いだ。

「柊くんは？」

「いい」

愛想のない突き放した返答に一瞬ぎくりとするも、見れば柊くんのグラスの中身は半分も減っていない。

確認してから声をかければよかったと自分にあきれる。

改めて自分のグラスから麦茶を飲みながら、先ほどの会話を思い返した。

私は柊くんが変わったと思っているけれど、もしかしたら今回の律儀な一面のようにそのままの部分もあるのかもしれない。

もしそうなら、この複雑な結婚生活をもう少し変えていけるんじゃないか……。

そう思ったときだった。

かたんと小さな音がして、柊くんが自身の目の前に箸を置く。

「ごちそうさま」

え、と思わず戸惑いの声が漏れた理由は、彼の前にまだ料理が残っているからだ。

白米はおそらくひと口かふた口しか食べていない。おかずに用意した味噌汁も飲みきっておらず、ほうれん草のおひたしも豚肉の生姜焼きも器に盛ったときとほぼ変わらない状態だ。

自分の器に残った最後のひと口を呑み込んでから、恐る恐る質問する。

「お腹空《す》いてなかった？」

それには答えず、柊くんは席を立ちながら視線を料理に向けた。

申し訳なさそうに見えたのは、私の気のせいだっただろうか。

「今後、俺の分まで食事を用意する必要はない」

再び戸惑いの声がこぼれる。

「でも……」

仕事を辞めた以上、今後は社長夫人としての勉強と、妻としての家事に専念するのだと思っていた。

食事の用意はかなり比重の大きい家事だから、そこを必要ないと言われてしまうと、逆になにをすればいいのかわからない。

「それと、昔の話も控えてくれ」

そう言いながら柊くんは私に背を向けて、二階へ続く階段に足を運ぶ。

「あまり思い出したくない」

階段の一段目に足をかけて言ったひと言には苦々しいものが滲んでいて、彼が本当にそれを望んでいないのだと思い知らせてくる。

「……ごめんなさい」

それだけ言うのが精一杯でうつむくと、小さく息を吐く気配がした。

私はどうしてここにいるのだろう、という思いがじわりじわりと込み上げる。

過去の思い出を望んでいないなら、昔のことをなにも知らない相手を妻に選べばよかっただろう。

彼が望んでいるのは後継者の座を掴むための契約妻なのだし、私でなくても成立したはずだ。

断れない事情を持っていた私が、そんなにも都合のいい存在だったのだろうか？

道具扱いされないのだな、と安堵していた折にこんなことを言われれば誰だって気分が沈むに決まっている。

だからといって、ここで彼との対話を拒めばこの先一生気まずいまま、元に戻れないと思った。

「じゃあ、私はどうすればいいの……？」

答えを求めて柊くんに問いかける。

「妻としてなにをしたらいい？」

階段を上らずに私の言葉を待っていたらしい柊くんが、また息を吐いた。

「ベッドの上での役割以外は望んでいない。お前の仕事は、俺の子どもを産むことだ」

自分の考えは甘かったのかもしれないと、この瞬間理解した。

ただ必要だから気遣いを見せ、優しい一面を覗かせただけで、彼は私を最初から道具扱いしていたんだろう。

「……それだけじゃ、道具と変わらないよ」

助けてもらったお礼に結婚を承諾したけれど、こんな扱いはあんまりだ。

そんな気持ちでこぼした言葉が聞こえたのか、柊くんは自室へ向かうのをやめて私のもとへ戻ってきた。

「そんなに俺のためになにかしたいならすればいい」

「あっ」

まだ食卓の片付けを済ませていないのに、腕を引っ張られて廊下まで導かれる。

どこへ、と聞こうとした頃にはもう彼の目的地に――脱衣所に到着していた。

「ついでに俺の裸に慣れておけ」

感情のない声で吐き捨てるように言うと、柊くんは着ていた服を勢いよく脱いだ。

均整の取れた肌があらわになった瞬間、思わず目を背けようとするも、直前の言葉を思い返し、ぎりぎりのところで堪える。

「……頑張るね」

そう言うと、柊くんはショックを受けたように視線をさまよわせた。

どうしてそんな顔をするの、と言うよりも早く、彼はさっさと服を脱ぎ捨てて浴室に消える。

私もすぐ、自分の服に手をかけた。

ほかに、なにが言えただろう？　彼自身がそれを望んでいると言ったのに。

以前、過去の恋人の有無を聞かれたときと同じような矛盾を感じる。

だからといって、ここから逃げ出すわけにはいかないのだ。

私は妻になり、利用されることを選んだのだから。

服を脱ぎながら、洗面所の鏡に映る自分を見つめる。

彼の前でもう隠すものはないし、隠す意味があるものもないけれど、だからといって一糸まとわぬ姿で向き合うのが恥ずかしくないかと言われると違う。

彼の大きく熱い手のひらが触れた場所からは、とっくにあの夜の感触が消えているはずなのに、包み込むようなぬくもりがまとわりついている気がした。

浴室内からシャワーの水音が聞こえて覚悟を決める。

「背中とか、流せばいいのかな」

ぽつりと口にしてから浴室のドアに手をかけた。

ひとり暮らしの家にしては、充分広い。ふたり入っても問題なく手足を伸ばせるだけの空間が用意されている。

湯は浴槽内に張ってあった。私が彼の帰りに合わせて準備しておいたものだ。そこから立ち上る湯気が浴室内を漂っているけれど、互いの裸を隠すほどの影響力はない。

柊くんが私に背を向けていたことだけが救いだろうか。

おかげで予想していたほどの緊張と羞恥を感じずにいられる。

「髪の洗い方は覚えているか？」

「髪？　あ、うん。大丈夫……だと思う」

一瞬考え込むも、幼い頃にこうしてふたりで入浴し、髪の洗いっこをしたのを思い出してうなずく。

長身を縮こまらせて座った柊くんの背後に陣取り、清涼感のある香りのシャンプーを手のひらにプッシュして泡立てた。

既に濡れていた彼の髪に泡をまぶし、ためらいがちに軽く爪を立てて動かす。

昔の話をするなと言うくせに、『覚えているか』と尋ねるのはいったいどういうつもりなのか。

髪の洗い方なんて改まって聞くようなことじゃないのだから、私に過去のことを思い出させるための質問でしかないのに。

なにを考えているかさっぱりわからない、と心の中で溜息をつきながら、おとなしく彼の髪を洗う行為に専念する。

指の間を通る黒髪は、水を含むと一層艶やかだった。

私よりもずっと指通りがよく、かなり軽い。

乾けば結構な猫っ毛かもしれないと考えてから、昔の柊くんの髪がふわふわして気持ちよかったことを思い出した。

天井からぽたりと水が垂れ、浴槽に落ちて波紋を広げる。

その音と髪を洗う音だけでは静かすぎて、黙っていられずに話しかけた。

「気持ちいい?」

「……ああ」

いくぶん角の取れた声が聞こえると、先ほどの道具扱いに傷ついた心がほんの少しだけやわらぐ。

「よかった」

最後に柊くんの髪を洗ったのはいつだったのか、もう覚えていない。

泡が目に入ったと泣きじゃくっていたのを見て、慌てて水をかけたら冷たさにびっくりしたのかますます泣かせてしまった記憶はある。

思い出したからといって、語れる相手はそれを拒んでいるのだから、あまり意味はないのだけれど。

そう思いながらなにげなく視線を下げると、柊くんの広い背中に残る古い傷痕が目に入った。

右肩から背中の中心にかけて、白い線を描いたようになっている。

「これ……」

髪を洗う手を止め、私の記憶にある傷よりもずっと見えにくくなったそれを指でなぞる。

突然の感触に驚いたようで、びくりと肩を震わせるのが見えた。

「なんだ？」

「まだ残ってるんだなと思って」

言ってから、あっと声を上げる。

「ごめん」

昔の話はタブーだったのだと後悔するも、柊くんは軽く首を左右に振った。

「薄れはしても、一生消えないだろう」

どこまで踏み込んでいいのだろうと、彼の反応を探る。

「……とっくに消えてるのかと思った」

「消えないほうがいい」

この話にはあまり触れないほうがいいと考えて、再び髪を洗う作業に戻った。

柊くんのこの傷は、私が五歳の頃、彼が我が家に来たときからあったものだ。

そのときは今よりももっと生々しい傷で、まだ縫った糸が肌に残っていた。

初めて傷を見て怖くなってしまった私が理由を聞いても、大人たちは誰ひとりとして詳細な事情を教えてくれず、怪我を負った張本人だけが話してくれた。

『兄さんはおれを嫌いだから』

痛みなど感じないような、感情が抜け落ちた顔で言った柊くんから、傷を負わせたのは彼の兄だと聞いてますます怖くなったのを覚えている。

彼は兄に突き飛ばされ、そこで大怪我をしたらしかった。

ふと、今はその兄とどういう関係にあるのだろうと気になってしまう。

「あの……。……ううん、やっぱりなんでもない」

「なんだ、言えばいいだろう」

「……昔のことでも？」

さっきと違って返答はすぐになかった。

長い沈黙を経て、柊くんが微かに下を向く。

「話したいなら、いい」

許されたことにほっとしていいのか、余計に張り詰めた空気に気まずさを感じるべきなのか、答えを出せそうにはなかった。

「じゃあ、話すね。聞かれたくないことだったら、答えなくていいんだけど……」

そう前置きして、緊張を誤魔化すように手を動かした。

「お兄さんがいた、よね？」

「ああ」

「本当なら後継者ってお兄さんがなるものだったりする？」

「……ああ」

答えるまで少し間があった。

その次の質問はどう言葉にすればいいかわからず、詰まってしまう。

兄を押しのけてまで後継者になりたい理由は、かつて大怪我を負わされた憎しみによるものなのか。それとも別の理由があるのか。

「そのために私が必要なんだね」

言葉が見つからず、結局、もう既に確認したことだけがこぼれ落ちる。

「そうだ」

「子どもが必要なのは、次の後継者もいますよってアピールがしたいから?」

「……その認識で間違いない」

また少し間があって、つられたように手が止まった。

シャワーに手を伸ばしてお湯を出し、柊くんの髪を包む泡を流していく。

「どうしてそんなに後継者になりたいの」

シャワーの音できっと聞こえないだろうというのを理解したうえで質問するも、思った通り答えはない。

しばらくシャワーで髪を流した後、柊くんは自分でお湯を止めてから振り返った。

まさかこちらを向くとは思わなくて、咄嗟に手で身体を隠してしまう。

「そ、そっち向いてて……」

「後ろを向いたままじゃ、洗ってやれないだろう」

ほら、と肩を掴まれて身体の向きを変えられる。

ドアのほうを向いた私の背に、柊くんの視線が痛いほど注がれているのを感じた。

「私は自分で……」

「……夫婦だからな」

兄の話をしたときとは違う穏やかな声がして、勝手に胸がざわつく。

自然と速くなった鼓動は、彼の手が肩に触れた瞬間、ますます激しさを増した。

「髪じゃないの……？」

「ん」

返答になっているかどうかすら怪しい反応だった。

しかも柊くんは身体を洗うための専用ネットを使わず、自分の手で私を洗っている。

こんな状況で彼の手や指を意識するなというほうが無理だ。

「……あっ」

後ろから抱き締めるように密着され、へそのそばをさまよった手に心を掻き乱されて変な声が出てしまう。

小さな声だったけれど、浴室という音が響きやすい場所なのがいけなかった。

柊くんはぴたりと手を止めたかと思うと、そのまま私の肩に顎をのせてますますきつく抱き締めてくる。

「そんな声を出すなよ」

「ごめ――ん、んっ」

今度は間違いなく意図して敏感な場所を狙われ、不意打ちを受けた身体がわかりやすく反応する。

抗議の意味を込めて振り返り、ひと言もの申してやろうとしたけれど、待っていたかのように唇をついばまれた。

「……声が響くな」

そんな柊くんのつぶやきまでもが明瞭に聞こえて、自分の声がどれだけ響いていたかを知る。

かっと身体の火照りが増したのを感じるも、もうこの状況からは逃げられない。

雛鳥が餌をねだるように二度三度とキスをせがまれ、応えているうちに舌で唇を割られていた。

その間もいたずらな手は止まる気配を見せず、ますます私の熱を高めていく。

胸が痛くなるくらい優しいキスは、ベッドの上での仕事しか求めていないという言葉と噛み合っていない。

だけどこれは、私が道具扱いされたくない思いから、ポジティブに変換しているだけなのかもしれなかった。

助けてもらったお礼に彼の妻となって子どもを産むと決め、結婚を承諾したのだから逃げるつもりはないけれど、許されるなら逃げ出したい。

このままでは、もしかしたら少しは愛されているんじゃないかとまた誤解してしまうから。

そのくらい、私を求める柊くんの唇は甘かった。


そんな生活が、特に大きな変化もなく続いた。

柊くんは社長としてどういうことをしているのか私に話さなかったけれど、やはり忙しいのか、帰宅が遅くなる日が多かった。

てっきりそういう日々に慣れているのかと思いきや、彼は一度だけ不満をこぼしたことがある。

あれは、彼が取引先との会食で珍しく酔って帰ってきたとき。

ソファに沈み込んだ柊くんは、私の手から水の入ったグラスを受け取ってぽつりとこぼしたのだ。

『早く帰りたいのに、仕事が多すぎる』

肌を重ねる以上の関係にない夫婦生活だろうと、彼は私のいる家に早く帰りたいと思っているらしい――というのは、私を喜ばせると同時に、寂しさとむなしさを加速させた。

彼は、結婚したときからずっと矛盾し続けている。

私を道具のように思っているかと思えば、こんなふうに家族として受け入れている素振りを見せたり、無事に借金の問題が解決したと父から報告を受けて喜ぶ私に、本当によかったと穏やかな笑みを向けたり。

いつかこの疑問と矛盾がほどける日はくるのだろうか、なんて思っていたある日の朝のこと。

今日もまた柊くんはしっかりと私を抱き枕にして眠っていて、私は彼よりも早くその腕の中で目を覚ました。

彼も休日だと知っていたから、起こさないよう慎重にベッドを出るつもりだったのに、残念ながら叶わない。

「……どこへ行くんだ、穂香」

眠そうな低い声はかすれていて、思わずぞくりとする色っぽさをはらんでいる。

「顔を洗ってくるだけだよ。柊くんは寝てていいから……」

「……だめだ、ここにいろ」

私を抱き締める腕にぎゅうと力が入り、柊くんが顔をすり寄せる。

どうやら彼は朝に弱いらしく、いつも覚醒までに少し時間がかかった。

寝ぼけている間だけは、普段の冷たささえ感じる無感情な言動がなりを潜め、まるで子どものように甘えてくるのだ。

「ここにいろって言われても……」

「嫌だ」

「……わがまま言わないで」

最初こそギャップに戸惑っていたけれど、今はだいぶ慣れたように思う。

私が知る柊くんはどちらかというとこちらのほうが近い。

彼はくっつきたがりで、放っておくといつもそばにいた。

「柊くん」

「……ん」

「起きないなら私を抱き枕にするのはやめて。起きるなら……」

一緒に朝ご飯を食べよう、と誘おうとしてから、彼が私の料理を拒んだのを思い出した。

だけどその先を言う必要はなかったらしく、柊くんがあくびを噛み殺しながらまぶたを開く。

「今日は休みだろう。そんなに急ぐ必要があるのか？」

「ないけど、ちょっと出かけようかと思って」

「どこに」

深く考えずに答えると、いきなり空気が冷えた。

「誰と、どこに行くんだ」

「ひとりだよ。どこに行くかは特に決めてないの。適当に買い物でもと思っただけだから……」

なにが彼の機嫌を損ねたのかわからず、言い訳するように慌てて言葉を連ねる。

目の前の唇はしばらく引き結ばれたままだったけれど、やがて溜息とともに声を発した。

「俺も行く」

「えっ」

「俺がいると都合が悪いのか？」

「そういうわけじゃ……」

今までこんなことはなかったから、対応の仕方に困って反応が曖昧になる。

柊くんがいても問題はないけれど、いることによるプラスがあるとも言いづらい。

なにせ、私たちの関係は非常に曖昧ではっきりしていないのだ。

「私の買い物に付き合っても、楽しくないかもしれないよ」

「それは俺が決める」

私の明確な承諾を得たわけでもないのに、もう同行すると決めた様子だ。

起き上がった柊くんがまっすぐ寝室を出て行くのを、理解が追いつかないまま見送る。

彼は、よくわからない。

子どもを産むだけでいいと道具扱いをするくせに、朝は寝ぼけて甘えてくるし、外出も一緒にしたがるのだから。

まだ困惑する気持ちはあるけれど、彼を嫌いなわけじゃない。

それにこの外出をきっかけに、もう少し今の柊くんを知りたいとも思っていた。

●傷ついた心に触れて

急遽ふたりで出かけることになり、柊くんと一緒に大型ショッピングモールへ向かった。

一日かかってもすべてを見終えるのは難しいと言われているだけあって、広大な敷地内にはありとあらゆる店が揃っている。

日常的に使えるスーパーマーケットに、財布に優しい価格帯の衣服や装飾品。家電やインテリア家具を買える場所もあり、目的もなく気分転換に来た私は目移りしてしまう。

「なにを買うつもりで来たんだ？」

一階にある液晶型の館内マップの前から動かなくなった私を見て、痺《しび》れを切らしたらしい柊くんが声をかけてくる。

「特に欲しいものがあるわけじゃないの。適当にお店を見て回れたらいいなって」

「服がいいとか、靴が見たいとか、そういうのもないのか」

「うん。……ごめん、あんまり興味ないよね」

「俺が勝手についてきただけだ。謝るな」

申し訳ないと思った私にはっきり言うと、柊くんは当然のように私の手を引いて館内マップの前を離れる。

彼に触れられたのはこれが初めてではないのに、手を繋ぐという行為は妙に新鮮でこそばゆい気持ちになった。

昔は私のほうが彼の手を引いて歩いていたのに、と半歩先を歩く長身を見上げて思う。

「どこへ行くの？」

「お前の好きそうなものがある場所だ」

知っているのかと尋ねる前に足が止まる。

そこはインテリア小物や雑貨を扱う店だった。ポップな色合いで有名なそのブランドは、広い世代で好まれている。私もそのひとりだ。

「こういうの、好きじゃないのか？」

店先に置かれたアロマディフューザーを示される。

レモンイエローのそれはしずく型になっており、先端の少し尖った場所からアロマミストが流れる仕組みになっていた。

商品のアピールのためか、今も柑橘《かんきつ》を思わせるフレッシュな香りが漂っている。

「好きだけど、どうして知ってるの？」

「……似たような私物ばかり持ち込んでいるのを見た」

彼が私の部屋に入ったのは、最初に荷物を運んだあのときくらいかと思っていたけれど、もしかしたら違ったのかもしれない。

いつの間に、というのが顔に出ていたらしく、柊くんが少し視線をさまよわせる。

「勝手に入って悪かった。家探ししてやろうと思ったわけじゃない。ただ……」

「別に怒らないよ。あそこはあなたの家なんだし」

「今はお前の家でもある。……もう勝手に入らないと約束する」

驚くほど神妙に言われて、逆に悪いことをした気になる。

「好きにしていいのに。見られて困るものも……そんなにないよ」

「そんなに？　少しはあるのか」

「だってほら。……下着とかそういうのは、あんまり」

「お前が着ていないならただの布だ」

「そういう問題じゃないと思うんだけど……」

店先でいったいなんの話をしているのだろう。

恥ずかしくなって頬が熱くなるのを感じながら、柊くんの手を引いて店の中に入る。せっかくならと私室に置く小物を探している間、彼は私のそばを離れずにじっと観察していた。

気まずかったのは最初だけで、いつしか自分が彼とのこういう状態に慣れていると いうことを思い出し、気にならなくなる。

柊くんは幼い頃からこうだった。

私の後をついてきては口を挟んだり、邪魔をしたりせず、おとなしく様子を窺って いるだけ。話しかければ応えるけれど、なにも言わなければずっと黙っている。

やっぱりこの人は私の知っている頃と変わらない部分もあるのだなと思う。

だけどそれを指摘すれば、きっとまた嫌がられてしまうのだろう。

「穂香」

このまま黙っているのだろうと思っていたのに、名前を呼ばれて振り返る。

柊くんは私が見ていたところとは違う棚を示し、そこに並んだハーバリウムのひとつを手に取った。

長細いガラス瓶の中は特殊なオイルで満たされており、夏の太陽を凝縮したような明るい橙と黄色の花が閉じ込められている。

さっきも柊くんは黄色いアロマディフューザーを私に見せてくれたけれど、好きな色が黄色だと教えた記憶はない。少なくとも再会してからは、絶対にない。

「好きだろう?」

心なしか期待した様子でハーバリウムを差し出され、小さな戸惑いとともに受け取る。

まるで私のお気に入りの品を見つけ出したから褒めてほしい、とねだっているような声音にも聞こえて、そんなはずはないと考えを改めた。

「うん、好き。せっかくならひとつ買っていこうかな?」

「俺の分も選んでくれ」

「飾るの?」

「それも悪くないな」

飾る以外になにがあるのだと自分に苦笑するも、柊くんの答えもなんとなくズレている。

「じゃあ、青ね。赤よりは柊くんって感じがするから」

ハーバリウムの棚から青いものを選んで渡すと、受け取ったきりうつむいて黙ってしまう。

気に入らないのかと思ったのも束の間、ぽつりとつぶやくのが聞こえた。

「マグカップを選んだときも同じことを言っていたな」

「マグカップ？」

思わず聞き返した私に、驚きと戸惑いの眼差しが向けられる。

自分が独り言をつぶやいた自覚がなかったらしい。

「今、マグカップを選んだときも同じことを言ってたって。いつの話？」

「覚えていないならいい」

「気になるよ」

「……今の話じゃないなら、あの五年間の話に決まっている」

なぜ、するなと自分で言った過去の話に触れるのだろう？

なんらかの事情があってああ言っただけで、本当はしたいのだろうかと錯覚する。

柊くんは青いハーバリウムを軽く掲げて、天井のライトに透かした。

きらきらした青いきらめきがガラス瓶を通して端正な顔を彩る。

映し出された表情が少し寂しげで、一枚の絵画でも見ているような気になった。

そう感じたのは私だけではなかったらしく、店内にいるほかの客の視線がちらちらと彼に向けられる。

それどころではない結婚生活のせいですっかり失念していたけれど、彼は長身細身かつ大変見目麗しい男性なのだった。

意図したものでないとはいえ、絵になる光景を披露すれば注目を浴びるのも致し方ないといえる。

私も含めたその場のどの視線にも頓着しない柊くんを、改めてまじまじと見つめてしまった。

抜群の容姿だけではなく、彼はあのミルグループの御曹司で、ミルホテルの社長だ。本来なら私なんて街中ですれ違うのが関の山の、一生縁がない雲の上の存在なのに、なんの因果か今は夫と呼べる関係にある。

不意に柊くんがとても遠い人になったような気がした。

手を伸ばせばすぐ触れられる距離にいるけれど、私の知っている彼と今ここにいる彼は同じようで違う。

そもそも柊くんを知っているといっても、私と出会う前や離れ離れになってからのこと、両親や実家のことなどはなにも知らないのだと、急に寂しさが込み上げた。

「ほかに買うものは?」

黄色いハーバリウムを取り上げられて、意識が現実に戻り、なんでもないふりをして笑みを作る。

「大丈夫かな。柊くんは?」

「ない。もともと買い物の予定があるのはお前だけだ」

柊くんが私に背を向けてレジのほうへ向かおうとする。

こちらに視線を向けていたレジの店員が、慌てて背筋を伸ばしたのが見えた。

「待って、自分で買うよ」

「いい」

私が止めるのも聞かず、柊くんはハーバリウムを二本購入し、そのうちの黄色いほうだけプレゼント用として包むよう店員に伝えた。

「わざわざきれいに包まなくてもよかったんだよ」

「俺がそうしたかったんだ」

「……どうして?」

この気遣いに好意を感じるなと思うほうが無理で、淡い期待を胸に質問する。

柊くんは一度口を開いてから閉じ、ためらいがちに再び開いた。

「初めてのデートの記念に」

ただの外出であって、デートのつもりなんか少しもなかったし、柊くんがそう思っているとはかけらも思わなかった。

でも、彼は最初からデートのつもりでいたのだ。

どくん、と大きく心臓が高鳴って、一気に顔に熱が集まる。

「いいな、その顔」

困ったように眉を下げてふっと笑った柊くんが、私の頬に優しく手を添える。

突然の事態にまったく身動きを取れずにいると、外にもかかわらず、さらに言えばすぐ近くに店員がいるのにもかかわらず、触れるだけのキスを落とされた。

「そ、そと、だよ」

さっきまでより顔が熱いうえに頭の中が真っ白になってしまい、上ずった声でそれしか言えない。

「だから？」

柊くんは、ここがどこであっても関係ないだろうと言いたげな表情で言った。

そこに恥じらいがまったく見られないせいで、私のほうが非常識なのかと錯覚する。

ちょうどプレゼント用の包装を終えた店員が目を丸くしているのもかまわずに、柊くんは購入した品を受け取ると、なにごともなかったように私を連れて店を後にした。

いくつかの店を見て回った後は、屋外へ出た。

モール内は広く、外をのんびり散策できるエリアもある。

ショッピングで疲れた人々がよく手入れされた花壇の花を楽しんでいるだけでなく、犬の散歩やジョギングをする人まで目についた。

外の空気は肌寒いけれど、歩いていれば温かい。

「外は騒がしくなくていいな」

ぽつりと言うのが聞こえてそちらを見ると、柊くんの顔には安堵が浮かんでいる。

「もしかして、今も人混みは苦手だった……？」

だとしたら付き合わせたのは申し訳ない。

彼が自分からそうしたいと願ったとしても、だ。

「人混みというか、人が苦手だ。ちらちらこっちを見てくるのが煩わしい」

「……それはしょうがないよ。私だって柊くんみたいな人が歩いていたら、ちょっと見ちゃうと思う」

「そんなに目立つのか、俺は」

「うん、目立つ」

決して華やかな雰囲気をまとっているわけではないのに、彼の存在はひどく目を惹き付けた。夜空に浮かぶ満月をつい見つめてしまうのとよく似ている。

どう説明しようかと思っていたそのとき、急に悲鳴が聞こえた。

「なんだよ！」

ぎょっとしてそちらを見ると、小学生くらいの男の子たちが喧嘩《けんか》をしているようだった。

それだけならばよくある光景だろうけれど、問題は大柄な子が小柄な子に向かって石を投げようとしているところだ。

「あっち行け！」

持っていた石をぶつけようと男の子が石を振り上げる。

「危な――」

思わず飛び出そうとしたその瞬間、私よりも速く隣にいた影が小柄な男の子に駆け寄った。

「あっ！」

戸惑いの声は大柄な子から上がった。

石を投げた先には、小柄な子を庇った柊くんの姿がある。

「それは、だめだろう」

声を荒らげていなくても、そのひと言には『とんでもないことをしてしまった』と子どもに思わせるだけの迫力があった。

現に大柄な男の子は震え上がり、青くなっている。

「だ、だって……」

「お兄ちゃんの馬鹿！」

ふたりは兄弟だったようで、弟と思わしき小柄な子が柊くんの背に庇われながら叫ぶ。

自分よりもずっと強い存在を味方につけたと勘違いしたゆえの行動らしい。

でも、それを柊くんは許さなかった。

「お前も煽るな。嫌いなら嫌いで、喧嘩の原因を作らないようにしろ」

「えっ……」

まさか自分まで叱られると思わなかったようで、弟のほうがびっくりした顔をする。

突然の乱入者に子どもたちが戸惑い、怯えているのを感じ、慌てて私も間に入った。

「こんなところで石を投げたら、誰かに当たって危ないよ。喧嘩するにしても、人に迷惑をかけないようにしないと。ね？」

そう言ってから、落ちていた石を手に持ってふたりの子どもに見せつける。

「それに、相手に怪我をさせるのは絶対だめ。……痛いのは誰だって嫌なんだから」

ぴく、と微かに柊くんが動いたのを見てそちらに目を向ける。

でも、彼の表情は硬いままで、これといった感情の変化が見られない。

ただそれは、無理に自分の気持ちを押し殺しているようにも見える。

気にはなるものの、今は子どもたちの問題を解決させるのが先だ。

「ほら、ごめんなさいしよう？」

「……悪いのは石を投げたお兄ちゃんだよ」

「でも馬鹿って言ったよね。それはよくないことじゃない？」

「……うん」

「お兄ちゃんもごめんなさいできる？」

「……ごめんなさい」

ふたりが素直に頭を下げたのを見て肩の力を抜く。

「嫌なことがあったら、ちゃんと話して解決するの。暴力はいけないことだよ」

「はぁい」

見知らぬ人間に叱られたのがよほど応えたようで、ふたりはおとなしくうなずいた。

もう一度お互いに『ごめんね』と言い合いながら、私と柊くんにもぺこりと頭を下げてその場から走り去る。

よかったと思ったのも束の間、ふと柊くんの手に目が留まった。

「それ、さっきの石のせい……？」

彼の左手の甲が赤くなっている。少し血が滲んでいるようだ。

「大した怪我じゃない」

「でも血が出てるよ。ちゃんと手当てしなきゃ」

「そんなに大騒ぎするほどのものじゃ――」

「待ってね。たしかバンソウコウがあったはず……」

バッグの中を漁り、小さなポーチを取り出した。そこにはソーイングセットやバンソウコウ、それとコンパクトサイズの爪切りが入っている。

「用意周到だな」

「備えあれば憂いなしって言うでしょ？　ほら、そこ座って」

柊くんを連れて、道から離れた位置にあるベンチへ向かう。

本来は散歩の休憩に使うものなのだろう。ほかに座っている人の姿はない。

されるがままになっているのをいいことに、柊くんの手を自分の膝に置いて傷の様子を確認する。

石の当たった場所が赤くなっていて、薄皮が剥けていた。尖った部分があったのか、擦れてしまったのだろう。

「痛い？」

「いや、全然」

「それならよかった」

「……だから大げさにしなくていいと言ったんだ」

その言葉は無視する。

ハンカチで傷の周りを軽く拭ってから、バンソウコウを貼った。

「なんでそんなものを持ち歩いているんだ？」

「前に靴擦れで大変だったことがあったの。だからだよ」

ちら、と柊くんの視線が私の脚に向けられる。

「ちょっとびっくりしちゃった」

「なにが？」

「だって、あんなふうに庇うから」

危なっかしい喧嘩をしていた子どもたちは、見ず知らずの他人だ。

咄嗟に庇おうとするなんて、なかなかできることではない。

「昔を思い出したんだ。つい身体が動いていた」

「昔って……」

柊くんが微かに身じろぎをする。

彼が自分の背中に意識を向けたのだと気づいて、ぎゅっと胸が締め付けられた。

「……お兄さんに突き飛ばされたこと？」

「ああ」

先ほどの子どもたちも兄弟だった。

だから余計に、幼い頃に今も消えない傷がつけられたときと重ねたのだろう。

「俺のことは、母しか庇ってくれなかった」

手当てを終えても歩き出す気にはなれない。

「……そもそも俺には母しかいなかったからな」

柊くんに生まれた家を離れて我が家で過ごすような、複雑な家庭事情があるのは知っているけれど、その詳細についてはまだ踏み込めていない。

彼を引き取ると決めただけあって、父は知っているようだけれど、柊くんのプライバシーに関わることを彼以外の人に聞くのも気が引けた。

「そう、なの」

「お前と出会うまでは」

顔を上げた柊くんと目が合った。

深く暗い瞳に捉えられて、逸らせなくなる。

「……もし出会えていなければ、今どうなっていたかわからない。お前と、お前の家族と過ごした五年間は俺にとって……」

その先を言わずとも、顔を見ればどれだけその五年間を大切に想っているかが伝わる。

ガラスでできた宝物を壊れないように慈しむような、切なげな表情。

私からすれば突然できた家族と楽しく遊んだ五年間でしかなかったけれど、彼にとっては違ったらしいと知る。

だから彼は、昔の話を嫌がるのだろうか。

触れられたくないほど特別なものだから、同じ過去を共有している私にさえ、暴かれたくないと思っているとか。

我が家に来る以前になにがあったのか、今ほど知りたいと思ったことはなかった。

だけどそれを口にする前に柊くんが立ち上がり、バンソウコウを貼られた手で私の手を引く。

「どうでもいい話で時間を無駄にするわけにはいかない。行こう」

「……うん」

物わかりのいいふりをして疑問を呑み込んでしまったのを、五秒と経たずに後悔する。

彼のことをもっと知りたいけれど、果たして契約関係でしかない妻の私が聞いていいものなのだろうか？

幼馴染みのはずなのに、妻のはずなのに、たった一歩が踏み出せない。

「この後はまた買い物をするのか？」

「……そうだね。靴を見てもいい？」

質問を拒む気配を感じたから、彼に合わせて返事をしておく。

頬をなでる風が、ひどく冷たかった。


夕食は、柊くんがミルグループのレストランを予約してくれていた。

ホテルの上層階で夜景を堪能できる最高のレストランだ。

私たちの席はフロアの端で、ほかの席から少し離れている。

ショッピングでたくさん歩き回り、すっかり空腹になった私は、続々と目の前に供される料理の数々を口に運ぶのを止められなかった。

「おいしい……！　これ、ホタテのグラタンだ。柊くんも食べて」

舌平目のムニエルについてきたミニグラタンには、ホタテの旨味がたっぷり詰まっている。ハーブの香りがするホワイトソースと絡んで絶妙な味わいだ。

「俺の分も食うか？」

「ううん、これを大事に味わうから大丈夫」

「そこまでするなら、もうひとつ食えばいい。なんだったら追加で注文するか？」

「コース料理なのに追加でグラタンを注文するなんて、聞いたことないよ」

「別におかしな話じゃない。よく食う客というだけだ」

そう言う柊くんは、数々のおいしい料理を口にしても表情を変えていない。機械的に食べては私の反応を観察するばかりだ。

「そんなに食いしん坊じゃないよ」

「ひと口食うごとに目を輝かせているくせに？」

「そ、そんなに顔に出てた？」

「ああ、わかりやすかった。よほどうまかったんだな」

無意識に見せていた私の反応を思い出したようで、口もとに楽しそうな笑みが浮かんでいる。

見られていたのは気づいていたけれど、いったいどれだけ観察されていたのだろう。

急に恥ずかしくなって視線を落とすも、おいしい料理の誘惑には抗えず、再びせっせと口に運んだ。

ふた口目もひと口目と変わらずおいしい。

こんがりと香ばしく焼けたチーズの香りがさらに食欲を刺激する。

それなのに柊くんの手はあまり動いておらず、ときどき思い出したように水を飲むばかりだ。

「もしかしてあんまりお腹空いてない？」

食べていないわけではないけれど、舌平目のムニエルもホタテのミニグラタンも、ほとんど提供されたときと見た目が変わっていない。

「いや……」

「じゃあ、あんまり口に合わなかった？」

「違う。どっちにしろ味はよくわからないんだ」

「……え」

大事に取っておいた最後のホタテの貝柱を食べようとした手が止まる。

「ここも評判がいいから連れてきただけで、別にうまいと思ったから来たわけじゃない。でも、口に合ったようでよかった」

「待って、味がわからないってどういうことなの」

「そのままの意味だ。砂を噛んでいる気になる」

砂の味とはほど遠い料理を見つめて言うと、柊くんは自嘲気味に笑う。

「……だからお前の料理も食べられない。まずいとは言いたくないからな」

以前、食事の準備をしなくてもいいと言った真意を知って言葉が出てこない。

あれは私に妻としての仕事を求めていなかったのではなく、彼なりの苦悩と思いやりがあっての命令だったのだ。

「そんな、私……」

「気にするな。昔からそうなんだ」

あ、と思わず声が出る。

思えば彼は、幼い頃によく私の父のおつまみを失敬していた。

真似をして食べたとき、母に泣きついてしまったほど辛いナッツの記憶がよみがえる。あれのせいで私は辛いものがだめになった。

「よくお父さんのナッツを食べてなかった？　辛いものは平気なの……？」

「それならわかる。味というより、刺激を感じているらしい」

私の両親は彼の味覚の事情を知っていたのだろうか。

彼のための食事をどう用意していたか思い出せないけれど、みんなで同じ食卓を囲んでいたように思う。

腫物を触るような扱いはせず、私と平等に扱うことで、彼の味覚を取り戻そうとしたのか。あるいは、そもそも私のようになにも気づいていなかったのか。

つきんと胸が痛むのを感じ、目の奥が熱くなる。

彼はおいしいでもまずいでもなく、わかると言った。それは食べ物に対して向ける言葉ではないように思う。

「うまいと思わないだけで食事ができないわけじゃない。だから——」

「気にするよ」

また気にするなと言われる気配を感じ、先手を打って答える。

「料理しなくていいって言ったけど、やっぱりやらせて。柊くんがおいしいと思えるものを作れるように頑張るから」

味覚が戻るならそれが一番だけど、それが難しいなら、せめて彼が食事のときにつらい思いをしないようにやれることをしたい。

辛いものは『わかる』なら、辛い料理の勉強をする。

たとえ契約の妻でも、そのくらいは寄り添わせてほしい。

柊くんが目を丸くしてから、すぐに細めた。

「お前に望んでいるのは妻でいることと、子どもを作ることだけだ」

「知ってる」

「……無理矢理結婚に持ち込んで、強引に襲ったんだぞ。そんな俺に、どうして」

望んでいると言う割には罪悪感を隠しきれていない物言いだった。

襲った、という明らかに自分に非があると思っている言い方も気にかかる。

たしかに心の準備をしきる前の出来事ではあったけれど、私だっていいと思ったから彼を受け入れたのだ。

それなのに、柊くん自身はそう思っていない。

だから、ますます彼のためになにかしたい気持ちが強くなる。

「助けてもらったよ」

「それだけだ」

「そんな簡単に言えることじゃない。それに……」

結婚を提案されて、どうして自分が拒めなかったのかを改めて思い出す。

「柊くんだから結婚したんだよ。無理矢理だなんて思ってない」

それだけではもうひと言足りない気がして、彼をまっすぐに見つめたまま続けた。

「私の初恋は柊くんだったから」

ゆっくりと柊くんが目を見開く。先ほどよりも驚いているのは間違いなかった。

言葉を選ぶように唇を開いてから閉じ、そして覚悟を決めた表情で再び口を開く。

「今は？」

彼にしては不安そうな声が短い静寂を破った。

今は――？

かつてはたしかに好きだった。幼く淡い子どもじみた感情だとしても、それは間違いなく恋だった。

じゃあ今、私が彼に抱いているこの気持ちはなんだろう。

味がわからない彼のために、おいしいと思える料理を作ってあげたいと思うのは？

彼となら結婚してもいいと思ったのは？

子どもを作るためだけの行為に、愛されているんじゃないかと思いたくなったのは？

もしかして私は、自分でも気づかない間にまた柊くんを――。

思考が追いつかないまま、自分でも形にならない感情を言葉にしようとしたそのとき、視界の隅でなにかが動いた。

そちらを見ると、いつの間にか私たちのテーブルに見知らぬ男性がやって来ていた。

知的な印象を与える落ち着いた眼差しと、柔和な雰囲気を醸し出す穏やかな微笑。

少し癖のある猫っ毛に妙な既視感を覚える。

誰だろうと思ったのとほぼ同時に、柊くんが勢いよく席を立った。

「どうしてお前がここにいるんだ」

言葉にした戸惑い以上に、強い怒りと嫌悪を感じる。

「答えろ、満《みつる》」

名前を呼ばれた男性が目を伏せ、笑みを深めた。

だけどその笑みはやけにいびつで、無理矢理笑顔を作ろうとしたようにしか見えない。

「他人行儀だな。——兄さん、でいいのに」

一拍置いて衝撃が胸の内に広がり、現れた男性と柊くんとを思わず見比べてしまう。

幼い柊くんを突き飛ばし、その背中に消えない傷痕を作った張本人は、明確に敵意を示す弟を前にしても一歩も引く様子がなかった。

「お兄さん……？」

気まずい静寂を裂いたのは私の場違いなつぶやきだった。

柊くんがはっとしたように私の手を取ってその場から連れ出そうとするけれど、その前に満さんが道を塞いだ。

「結婚したって聞いたから、義兄として挨拶に来ただけだよ」

「穂香に近づくな」

満さんが近づいたのは私ではなく柊くんだ。

それなのに、毛を逆立てた猫よろしく睨み付けて警戒している。

「他意はない。穂香さんと話してみたくて――」

「穂香がお前と話すことはない。今後一生、永遠に」

「……待って」

満さんの思惑がなんであれ、取りつく島もないのはいかがなものか。

咄嗟に柊くんを止めて、きつく掴まれていた手をそっとほどく。

「柊くんのお兄さん、なんですよね」

「ええ。千堂満と言います。柊とは三つ違いでして」

そう言いながら満さんは名刺を差し出した。

そこにはミルグループ傘下の製薬会社社長と書いてある。

「今は穂香さんも同じ姓ですし、気軽に満と呼んでください」

「では、満さんと」

「呼ぶな」

鋭く言った柊くんが私の手から名刺を取り上げようとする。

すんでのところで回避し、彼に奪われないよう丁寧に手の中に隠した。

「そんなもの、捨てろ」

「そんな失礼なことはできないよ。柊くんがどう思っているとしても、結婚した以上は私にとって義理のお兄さんなんだから」

彼ら兄弟に確執があるのは理解しているけれど、伝聞でしか知らない彼の兄について判断するのはまだ早い気がする。

少なくとも今、私の目に映る満さんは悪い人ではなさそうだった。

柊くんに怪我をさせた事実があるとはいえ、今も弟を傷つけたがっている極悪人にはとても見えない。

「……せっかくの食事を邪魔したようですまないね」

柊くんが私にまで毛を逆立てた猫のようになっていると、不意に満さんが言った。

「柊が奥さんと一緒に来ていると聞いたものだから、顔合わせをしておいたほうがいいかと思ったんだよ。どうせ俺にも父さんにも会わせないでいるつもりだったんだろう？」

え、と思わず小さく声を上げていた。

次期社長になるために私との結婚が必要なら、義理の両親に報告するのは当然だろう。

私だって今は時間が取れないだけで、公の場で顔合わせをする前に、個人的な挨拶を行うものだと思っていた。

だけど満さんのこの言い方だと、そもそも会わせるつもりがなかったように聞こえる。

私と結婚したこと自体、柊くんのご両親に伝わっているのだろうか……？

「お前たちを穂香に近づかせるつもりはない」

「ほら、やっぱり。だけどそれは穂香さんにとって困ることだと思うんだ。今後、千堂の家で生きていくつもりならね」

一向に歩み寄ろうとしない弟に対している姿は、たしかに兄らしく見える。

「穂香さん。柊のことに限らず、困ったことがあればいつでも連絡してほしい。……

大切な弟の妻である君にも、できるだけ協力したいから」

「お気遣いありがとうございます」

連絡するともしないとも言わず、お礼だけ伝えておく。

彼の言葉に嘘は見えないけれど、心から信じるにはまだ情報が足りない。

「俺はもう行くよ。これ以上、夫婦の時間を邪魔するつもりはないし」

「二度と俺の前に顔を見せるな。穂香の前にもだ」

「できない約束をする主義じゃなくてね。ごめんよ」

本当に顔を見せに来ただけだったようで、満さんはすぐに私たちの前から立ち去った。


帰宅してからも柊くんの機嫌が戻ることはなく、終始唇を引き結び、とげとげしい空気を発していた。

リビングのソファに腰を下ろしてから額を手で押さえ、感情を吐き出そうとするかのように荒っぽい呼吸を繰り返している。

「柊くん」

ここまで様子を見ていたけれど、これ以上はさすがに放っておけそうになかった。

隣に座り、彼の肩にそっと触れて私がここにいることを伝える。

「……大丈夫？」

柊くんは答えずに、空いた片手で私の手を握った。

ぎゅっと握る力があまりにも切実で、彼がなんらかの助けを求めているのではないかと錯覚する。

「お義兄さんについてちゃんと聞いてこなかったけど、説明してくれる……？」

今は聞くべきではないかもしれないと思うと同時に、今しか聞く機会はないのかもしれないとも思う。

長い沈黙の末、柊くんは大きく息を吐くと、ずっと表情を隠していた手をようやくどけた。

「お前は知らなくていい」

「……なに、それ」

「あいつには近づくな」

明確に線を引かれ、突き放された。

今日まで私にたくさんの隠し事をし、振り回してきた彼に対してとうとう限界を迎える。

「私は道具じゃないんだよ」

寄り添いたいとほんの少し前に思った気持ちも忘れ、すがるように握ってきた手を振り払う。

「子どもを産むだけでいいとか、なにもしなくていいとか。たしかに私は柊くんの目的を果たすためだけの妻かもしれないけど、だからってこんな扱いひどすぎるよ！」

「穂香、俺は……」

「家族のことに首を突っ込むなっていう気持ちはわかるよ。でも、柊くんはうちの事情に口を挟んだのに、私はだめなの？　どうして？」

「…………」

「私はあなたの過去になにがあったか知らないし、うちを出てからどんな人生を送ってきたのかも知らないの。……なにも、知らないんだよ」

自分でも思っていた以上に限界だったのか、勝手に目の前が滲んで熱いものが頬を流れていく。

「道具でいてほしいなら、徹底的にそう扱って。私もそういうものなんだって覚悟するから。今日みたいに一緒に過ごしたり、初めてのデートの記念を買ったり、私の料理をまずいって言いたくないから食べられないって言ったりしないで」

傷ついているのは私のはずなのに、柊くんのほうが捨てられた子どものような目をしている。

またほだされて裏切られるのはごめんだった。

背を向けて二階までの階段を一気に駆け上がる。

「穂香！」

一階から悲痛な声で呼ばれたけれど、立ち止まらないし、振り返りもしない。

部屋に飛び込んでから鍵をかけ、ドアに背をもたれさせたままずるずると崩れ落ちる。

自室を与えられていてよかった。そうでなければこの家を飛び出す羽目になっていただろうから。

「なんなの、もう……」

自分の気持ちがわからなくて頭がぐちゃぐちゃになっていた。

抑えきれない涙が次々に溢れてきて、顔を覆った手をしとどに濡らしていく。

彼にも言ったように、私は目的を果たすための契約妻でしかないのだから、突き放されたところで傷つく必要なんてない。

割り切った関係でいられず、踏み込みたいと願ってしまったのは、彼が初恋の幼馴染みだったからだろうか。

柊くんが私を追って部屋までやってくる気配はなかった。

私の訴えを煩わしいと感じて、このまま距離を取るつもりなんだろうか。

後継者の座を奪いたいと思うほど兄を憎んでいるらしい彼に、事情を聞こうとしたのは酷だったのかもしれないという思いと、それはそれとして私にも——巻き込まれた妻にも理解できる説明をすべきじゃないかという思いが頭の中でないまぜになる。

結局のところ、彼は私の理解を望んでいないということなのだろう。

それがどうしてこんなにつらいのか、わからなかった。

●秘密を暴くとき

満さんとの出会い以来、柊くんは自分から私に話しかけてこなくなった。様子を窺われている気配は感じるし、存在しないものとして扱われているわけではないようだけれど、彼のほうから踏み込んでくる様子はない。

最初の一週間は気まずさもあってどうしていいか悩んでいたものの、次の週を終えた頃にはもうある程度割り切れるようになっていた。

そうなると考えなければならないのは、今後どうしていくかだ。

私だって、子どもが必要だと言うくせに触れるどころか、会話もしてこない彼に悩んで、自分から話しかけたり、歩み寄ろうとしたりした。

だけど彼自身がそれを拒むのだから、もうどうしようもない。

こちらも様子見をするつもりではいるけれど、このまま時間が解決してくれたらいいのにと愚かな期待を抱いている自覚はあった。

こんなことなら仕事を辞めないほうが気分転換になってよかっただろうかと思うも、今となってはもう遅い。

家の掃除を終えた後に昼食をとってからひと息つき、ソファに座って淹れたてのコーヒーを飲む。

ミルクも砂糖も入れずに苦みを喉奥に流し込んでいると、少しだけ気が紛れた。

せっかく料理を作らせてほしいと頼んだのに、関係が悪化したせいでなにもできていない。このままじゃいけないけれど、どうすればこの状況が改善されるのかわからない……。

そのとき、テーブルに置いてあったスマホが目についた。

そういえば、あのとき満さんから名刺をもらっていたのだったと思い出し、手帳型のスマホケースにしまっておいたそれを取り出す。

弟と同じくミルグループ傘下の一企業をまとめる社長ではあるけれど、兄である彼はミルグループを代表するホテルを任されていない。

適材適所を重視した結果そうなったのか、それともそれぞれが望んだのか、あるいは兄弟で争った結果なのか。

ふと、柊くんに対話を拒まれるなら、彼の兄に聞けばすべて解決するのではないかと気づく。

兄を嫌っている彼を思うと気が引けるものの、停滞した現状を変えるにはなんらかの行動をする必要があると考え直した。

……ごめんね、柊くん。あなたが嫌がるのはわかっているけれど。

心の中で夫に謝罪し、名刺に書かれている連絡先の番号をスマホに打ち込む。

ゆっくり深呼吸してから発信ボタンを押すと、しばらくコール音が鳴った後にあの日聞いた声が鼓膜を刺激した。

『はい、千堂です』

「……千堂、穂香です。柊くんの妻の……」

名前だけでは通じないかもしれないと不安になり、彼の弟の名を出す。

ふ、と電話の向こうで笑う気配がした。

『もちろん覚えていますよ、穂香さん。なにかご用でしょうか？』

「その……」

連絡してはみたけれど、最初になにを話せばいいかわからなくなる。

『……先日はお恥ずかしいところをお見せいたしました。お詫びも兼ねて、一度ゆっくりお茶でもしませんか？』

私の迷いを察したように、絶妙な提案をされる。

電話で話すのと会うのとではずいぶん違うのもあり、一瞬悩んだ。

だけど柊くんとこのままではいたくないという思いから、心を決める。

「はい。千堂さん――満さんさえよろしければ、いつでもお伺いします」

『穂香さんに来てもらうのは気が引けるな。僕のほうで場所を用意するので……金曜日、お時間ありますか？』

「大丈夫です」

『じゃあ金曜日の十五時頃でいかがでしょう？　休日に呼び出すと、柊に気づかれるかもしれませんので』

彼もまた、この密会を弟に知られないほうがいいと思っているようだ。

言えない秘密を抱えることになるのだと思い知らされて、お腹の奥がずんと重くなる。

「……かまいません。ありがとうございます」

『いえ、こちらこそ連絡してくださってありがとうございました。のちほど場所をお伝えしますので、少しお待ちくださいね』

満さんは余計な話をせずに要件だけ言うと、すぐに電話を切った。

昼休憩の時間だろうと勝手に思っていたけれど、もしかしたら忙しかったのかもしれない。だとしたら申し訳ないことをしてしまった。

「……よし」

また言葉に詰まってしまわないよう、金曜日までに話す内容を決めておかなければ。

金曜日の朝は寝不足で迎えた。

今日のことを考えすぎたせいかよく眠れず、カーテンの隙間からうっすらと朝陽《あさひ》が差し込むまで悶々としていたせいだ。

「……おはよう」

身体を起こしてすぐ、まだ眠そうにしている柊くんに声をかける。

気まずい関係になっても、彼は変わらず私を抱き枕にして寝ていた。

「ん……おはよう」

毎朝、挨拶を返されるたびに私がほっとしているなんて、彼は知りもしないだろう。

いつかこんな些細なやり取りさえしなくなるのかもしれないと、怯えている私も私だとは思っているけれど。

「コーヒーを淹れるけど、飲む?」

「……いい」

柊くんは目を閉じたまま、私をまた抱き寄せようとした。

その腕を逃れてベッドを出ると、後ろからシャツの裾を掴まれる。

「行かないでくれ」

寝ぼけている割にはやけに明瞭な懇願が私の心臓をぎゅっと掴んだ。

彼は私が今日、誰のもとへ向かうのか知らないのだから、こんなに緊張する必要はないというのに。

「あなたも仕事に行かなくちゃいけないでしょ。もう起きて」

シャツに引っかかった長い指を解く手が震えたのは、彼への罪悪感からか、あるいは寝ぼけていようが求められているこの状況を終わらせがたいからか。

子どものように身体を丸めた柊くんがいやいやと首を振るのが見えたけれど、結局手を離して離れる。

いっそ朝も普段通りでいてくれれば、私だってもっと冷静にこの関係を割り切れたのに、と思った。


そうして迎えた約束の時間。

満さんが指定した場所は、先日足を運んだところとは違うミルグループ傘下のレストランだった。

ゆったりとくつろげる広い部屋は完全個室になっていて、密談をするにはぴったりの場所だ。窓の外に広がる緑豊かなガーデンを見ながら、周囲の目を気にせずお喋りを楽しむのが本来の用途だろう。

「せっかくお茶をするのだから、もう少し特別な部屋を用意できるとよかったんですが。あいにくここしか予約が取れず……」

恐縮した様子で言う満さんに向かって、首を左右に振る。

「いいえ、充分です。とても素敵なレストランですね」

「そう言っていただけると、ミルグループの人間として光栄です」

予約した客が揃ったのを見計らい、店員が飲み物のメニューを運んでくる。

どうやらアフタヌーンティーのセットにおかわり自由のお茶がついてくるようだ。

どうせならと、このレストランオリジナルのフレーバーティーを注文してみる。

「改めて、今日はありがとうございます」

飲み物が運ばれて話す準備が整うと、満さんは律儀に頭を下げて言った。

「こちらこそ、お忙しいのに急にお電話を差し上げて申し訳ありませんでした」

「ああ、あの時間でしたらちょうどお昼時だったのでお気になさらず。……今日のことは、柊には？」

「言っていません」

ほっと、安堵の息を吐くのが聞こえた。

「よかった。きっと不快にさせるでしょうから」

「……あの」

柊くんに聞けなかったことを聞くチャンスだと、ほんのりイチゴの甘い香りがするフレーバーティーで唇を湿らせてから口を開く。

「私は柊くんの妻になりましたが、ご家族の話をなにも聞いていないんです。……満さんとの間に具体的になにがあって、先日のようなことになったのかさえ知りません」

「……そうですか」

満さんはそうつぶやいた後、アイスティーのグラスに刺さったストローをつまんだ。グラスの中で動かすと、それに合わせてからんと氷の音が響く。

「柊の背中に傷があることはご存じですか？」

「はい。……満さんと行き違いがあってああなったと」

「……優しいですね。柊はそんな言い方をしなかったでしょうに」

見抜かれている。そう思ったけれど、顔には出さない。

「柊と僕の関係を話すには長くなります。ですから、この場所をセッティングさせてもらいました」

「はい」

「まず、僕と柊は腹違いの兄弟になります。僕の母は父の正妻で、柊の母親は……僕の母とは違う女性でした」

それはつまり、嫌な言い方をすれば愛人だ。

またフレーバーティーを飲もうと思っていた手が止まった。

「……知りませんでした」

「柊にとって家族は自分の母親だけです。僕や父の話は、可能な限りしたくないものでしょう。……僕たちは敵ですから」

そう言う割に、満さんはとても悲しそうな顔をしている。弟を敵だと思っているようにはとても見えない。

「僕たちは年が近かったこともあり、幼い頃から比較されてきました。ことあるごとに柊の名前を出され、母はストレスを感じていたのでしょうね。そんな中で夫がほかの女性を重宝する姿を見て、いつか柊の存在が自分と、その息子の僕の立場を脅かすのだと思ったのも、正直な話、無理はないと思っています。だからといって、親戚に手を回して、ふたりが孤立するよう仕組んだのは擁護できませんが」

「そんな……」

「僕もまた、柊と分断されて育ちました。あの子はお前のものを奪っていく泥棒だと、何度も何度も言われて」

ふたりの年齢差は三歳だと言っていた。だとすると、相当幼い頃から大人の事情に振り回されていたはずだ。

「後から知った話ですが、柊とその母親は周囲の大人たちや、彼らの悪意を聞いて育った子どもたちから虐げられていたそうです」

息を呑んだ私に、満さんは淡々とその内容を語る。

千堂家の広い屋敷の離れに追いやられていた母子は、正妻の指示で満足な援助を受けられずに生活していた。

幼い柊くんのために母親がボロ布で作ったぬいぐるみは、無理矢理取り上げられ、泣き叫ぶ彼の目の前で燃やされたという。

心ない命令に耐えかねて手を差し伸べた人々も、正妻は容赦なく奪っていった。

使用人であれば解雇して遠方へ送り、千堂家と縁のあった人間であればその縁を切り、親戚の誰かであれば二度と家の敷居を跨がせないよう画策したそうだ。

「わざと柊に懐かれるよう使用人へ指示を出して、柊が心を開いたのを確認してから裏切らせたとも……。信じられる相手に傷つけられた柊は、それ以来誰にも助けを求めなくなりました」

だから柊くんは誰にも心を許さず、兄にあれほどの敵意を向けるように育ったのだ。

そこまで徹底して傷をえぐり、彼を孤立させた満さんの母親を恐ろしいと思ってしまう。

そんな女性に育てられたにもかかわらず、満さんは母親の所業を語りながら泣きそうな顔をしていた。

彼が望んで柊くんを傷つけたわけでも、そうするよう指示を出したわけでもないというのに。

傷ついているのは柊くんだけでなく、満さんも同じなのだ。

彼もまた、母親の悋気《りんき》と憎しみの被害者でしかない。

「父は愛人だけでなく、子どもまで作っていた負い目からか、我関せずの立場を貫いています。……本当に、最低な男でしょう」

自嘲めいた笑みははっとするほど柊くんとよく似ている。

腹違いではあってもたしかにふたりが兄弟なのだと思わされるけれど、こんな悲しい表情で知りたくはなかった。

「近づくな、会うな、と言われても、僕はたったひとりの弟と仲良くしたかった。周りは後継者がどうのこうのとうるさいし、友だちを作る暇もなく勉強や習い事を詰め込まれてきたので。でも、柊は違った。……当然ですね。自分と自分の母親を苦しめている元凶の息子と遊びたいなんて、思うはずがありません。たとえ僕がその事実を知らなかったとしても」

満さんの話は驚くほどすんなり私の中に入ってきた。

寂しそうな表情も、苦いものを滲ませた声も、嘘を感じないせいだろう。

「だけど僕はそれに気づかず、柊と遊ぼうとして……。……喧嘩になった結果、あいつの身体に生涯残る傷をつけてしまいました」

「……傷つけたくてしたわけじゃないでしょう？」

「どうでしょうね。幼い僕が、せっかく遊びに誘った弟に激しく拒まれて、どうしてなんだとかっとなったのはたしかですから」

ふと、以前柊くんと出かけた先で出会った兄弟を思い出した。

彼らだって最初から相手を傷つける意図はなかっただろう。

でも、些細な喧嘩から頭に血が上ってしてはいけないことをしようとした。

「子どもだったんだからしょうがない、と思いますか？　でも、そこで僕たちを諭して仲直りさせる大人はいなかったんです。とんでもないことをしてしまったと後悔しても、謝る機会さえもらえなかった……」

その結果、彼らはお互いの間に生まれた決定的な亀裂を修復できないまま、ここまできてしまった。

「……だけど満さんは後悔しているんですよね、今も。だったら……私が間に入って、話す機会を作ればいいんです、けど」

第三者が入れば、深い遺恨があっても割り切った付き合いができる程度の関係には戻せるんじゃないだろうか。今のように憎み憎まれる関係ではなく。

そう思うと同時に、柊くんは絶対にそれを望んでいないのもわかったから、積極的に手を貸すとまでは言えない。

「優しいですね」

満さんはただ、そう言った。

「柊はあなたのそんな優しさに惹かれたから、妻にしたのかな」

その声には、どうして私が選ばれたのだろうという疑問より、弟が優しい人に巡り合えてよかったという安堵が込められているように感じた。

だから、五年間を一緒に過ごしただけの幼馴染みで、家と父を救ってもらったお礼に契約を結んだ関係だとは言えない。

「柊くんからは……私のどこに惹かれてプロポーズしたのか、聞いていないので」

曖昧に濁して口もとに笑みを作っておく。

結婚の理由は、ミルグループの後継者となりうる満さんの地位を脅かすためだ。

どうしてそれを、本人に言えよう。

「話が逸れてしまいましたね。……僕たちの関係は先日見た通りです」

「……お話ししてくださってありがとうございました」

柊くんは兄についてほとんど語らなかったけれど、強い敵意と嫌悪感を抱いているのは伝わってくる。

だけど私に過去を話した満さんは、誰かに憎まれるような人物に思えなかった。

「穂香さんは柊から、ミルグループの後継者についてなにか聞いていますか」

どき、と心臓が大きく跳ねる。

それを満さんと話すのは少し怖い気もしたけれど、私の知らない柊くんとの過去を教えてくれた彼に嘘を言うのは気が引けた。

「後継者になるつもりだと聞いています」

「……やっぱりそうですか。これは他意のない、純粋な柊への評価として聞いてくださるとうれしいんですが。……ミルホテルの経営だけならともかく、グループを取りまとめるとなると、あいつには向いていないと思っています」

真剣な表情をする満さんを前に、無意識に背筋が伸びていた。

「それは、どうしてでしょうか。知識がなくて申し訳ありませんが、現在も社長を任されているなら、後継者にもなれるんじゃないかと思いますが……？」

「これまでの仕事振りを見るに、柊はトップのようなポジションには向いているでしょう。ですが、グループとなるとより多くの役員や、傘下の会社の社長の意見を取りまとめる必要が出てきます」

皆まで言わずとも、満さんがなにを言いたいかわかるような気がした。

「誰かと積極的に関わる仕事は向いていないんですね」

「……と言うと、ちょっと極端ですが。今の時点で、柊はかなり無理をしているんじゃないかな。そんな気がしていて」

いつも帰りが遅いのはそれが理由なんだろうかと、ふと思った。

「それでも後継者になりたいのは、きっといい理由ではないんでしょうね。自分を否定し続け、母親を傷つけた相手から、なにもかも奪いたいと思っている……とか」

柊くんの心の内にある復讐《ふくしゅう》心と憎しみを言い当てる満さんに対し、寂しさが芽生える。

ほとんど接触はなかっただろうに、それでも弟のことをここまで理解しているのは、満さんがずっと柊くんを気にかけてきた証拠のように思えたから。

満さんの推測を肯定も否定もせず、黙ったままいつの間にか空になったグラスに口をつける。氷が唇に触れただけで、からからになった喉は潤わない。

沈黙が落ちた気まずさに耐えかね、先ほどの満さんの言葉に同意しておく。

「……私も柊くんは視野の広いタイプだと思っていません。だから、無理をしているというのはわかる気がします。これから無理をしそうだというのも」

彼は自分の腕の中に収められるものだけ見て生きていく人だ。

家族だろうと、過去だろうと、他人から見て大切だと思えるようなものでも、自分の目的のためなら捨てていける。

「柊の世界は、とても狭くて深いんでしょう。生まれ育った環境のせいなので、責めるつもりはありませんが」

「……わかるような気がします」

彼が幼い頃から、小さく狭い世界で生きたがっていた姿を思い出す。

私や私の両親がどれだけ背中を押しても、彼は同世代の子どもたちと馴染もうとせず、私と一緒にいることだけを望んでいた。

新しい遊びをさせようとしても拒み、延々と私を観察するだけの日々は、彼が自分の世界を広げたがらなかったがゆえのものだと、今ならわかる。

もしも柊くんがあの頃と同じなら、今も小さな世界に閉じこもったままなのだろう。

長い間傷つけられ、尊厳さえ奪われてきた彼が自分を唯一守る方法がそれしかなかったのだとしたら、こんなに悲しい話はない。

「……あなたは、優しいですね」

満さんがそう言ったのはこれで三度目だった。

どういう意味かと尋ねようとして、自分の頬を伝う涙に気づく。

「ありがとうございます。弟のために泣いてくださって」

「すみません、そんなつもりじゃ……」

「今、話を切り出すのは卑怯な気もしますが……。改めて、どうしてふたりだけで話したかったのか本題に入らせてください」

急にすっと空気が冷え、息を呑む。

「本題、ですか」

「ええ。柊に後継者候補から降りるよう、言ってくれませんか」

「…………」

「あの家のすべては、僕が背負います。……僕さえいなければ祝福されていたかもしれない弟の人生を、これ以上奪うわけにはいきません」

彼は、弟が後継者の立場を望む理由を、復讐だと確信している。

だからそんな人生に囚われてほしくないと、私に話をしたのだろう。

「弟には幸せになってほしい。憎むのは僕だけで終わりにしてほしいんです」

私より満さんのほうがよほど優しいのに、弟の柊くんには伝わっていない。

周囲に振り回され、憎むように仕立て上げられた兄弟を思うと、また新しい涙がこぼれた。

「もし、柊くんが後継者になりたい理由が本当に復讐なら、私だって止めたいです。自分のために生きていいんだよって言ってあげたい……」

ハンカチで涙を拭い、声が震えないように深呼吸する。

「だけど私は柊くんの話を聞いていません。それに、たとえ復讐が目的だとしても本当にそれを望んでいるなら、その思いを否定したくないです」

「……それで柊が今以上に傷つくかもしれないとしても？」

「私は、彼の妻です。……彼が納得するまで支えるのが役目だと思います」

形だけの妻だとしても、一度引き受けたからには最後までまっとうしたくて、満さんの優しい提案を拒む。

私の言葉を最後に落ちた沈黙はとても長かった。

グラスの中で溶けていく氷を感じながら、目を伏せた満さんを見つめる。

やがて重苦しい溜息が聞こえた。

「……でもあなたは、借金のかたに契約結婚を引き受けただけでしょう」

「え……」

比喩抜きにざあっと全身の血の気が引いていくのを感じた。

「ごめんなさい。穂香さんのことは調べさせてもらっていたんです」

「どう、して……」

「急な結婚でしたから。もし事情があって承諾せざるをえなかったのだとしたら、これ以上千堂家の醜い争いに巻き込んでしまう前に解放すべきだと思いました」

からん、とグラスの中で溶けた氷が揺れて音を立てる。

気づいて然るべきだったのに、どうして思い至らなかったのだろう。

おそらく柊くんは、私を会わせないために家族に結婚の話をしていない。

それなのになぜ、満さんは私との結婚を知っていたのか。

彼がずっと弟を気にかけているという事実から、もっと早く気づくべきだった。

「もしも柊に縛られているなら、僕が手を貸します。借金は僕から柊に返しましょう」

「借金を返したからといって、結婚生活をやめるわけには……」

「でも、愛し合って結婚したわけではありませんよね」

心臓を鋭い刃物で貫かれたような衝撃が走り、息をするのを忘れそうになった。

私だってわかっていたけれど、指摘されるとあまりにも切なすぎる。

どんな顔をしてしまったのか、鏡がない今、自分ではわからない。

ただ、満さんが思わず目を背けるような表情ではあったようだ。

「……いい返事を待っています。どうか、柊を自由にしてやってください。そしてあなたも自由になってください」

まだアフタヌーンの食事もお茶も残っているのに、満さんは静かに席を立って部屋を出て行く。

「私にどうしろっていうの……」

柊くんの目的が復讐なら、離婚して自由に生きられるよう背中を押してあげたい。

だけど柊くんが望んできたことを邪魔する権利が私にあるとは思えない。

むしろ望んでいるなら叶えてあげたかった。満さんが言ったように多くを奪われて生きてきたのなら、目的まで奪いたくない。

すぐに外へ行く気にはなれず、途方に暮れたまま手で顔を覆う。

柊くんを閉じた世界から連れ出してあげるべきなのか、閉じた世界で幸せにしてあげるべきなのか、私に選択をゆだねないでほしかった。

本当はひとりでゆっくりと考えたかったけれどそうもいかず、重い気持ちで帰宅する。

「意外に早かったな」

玄関のドアを開けてすぐそんな声が聞こえ、足が止まった。

リビングのほうからやってきたのは柊くんだ。

日付が変わる頃に帰宅することも多い彼が、なぜまだ陽が暮れきっていない時間に家にいるのか、理解できない。

「柊くん、どうして——」

「満となにを話したんだ?」

ぱたんと背後で玄関のドアが閉まる。

「どう、して」

「お前にはいつも……監視をつけている」

言い淀んだのは、それが私の意に沿わない行為だと知っているからだ。

「そんな、どうして？　いつから？　なんで監視なんて……！」

「今日のようなことがあるからだ」

「満さんと会ったのは、柊くんがなにも教えてくれないからだよ。ほかにあなたの話を聞く相手がいないから……！」

「お前は知らなくていいと言ったはずだ」

「それが嫌だから、私は……っ」

怒りともどかしさと悔しさで、一気に頭に血が上る。

だけどそれも一瞬だけだった。

波が引くようにすっと感情が凪いで、諦めに似た思いが胸を支配する。

彼のためにできることがあるならしたいと、これまでに何度も思ってきたし、自分なりに努力をしてきたつもりだ。

会話を拒まれても対話を試み、知りたいことは知りたいと伝え、より彼を理解するために義兄に話を聞きに行った。

でもそれも、柊くんにとっては迷惑なだけだったのだ。

「満さんはあなたが肩代わりしてくれた借金を返してくれるんだって」

なに、と柊くんが目を見開く。

「私があなたとの結婚を引き受けたのは、お父さんを助けてくれたから。借金を返したら、もうこの契約を続ける必要はないよね」

今日一日でいろいろなことがありすぎたせいか、なんだか笑えてくる。

私が今までにしてきたことは——彼を今の居場所から救い出したい気持ちは、全部無駄なのだ。

「どうして仕事を辞めるように言ったのかいまいちわからなかったけど、私が契約を破棄できないようにするためだったの？　収入がなければ借金を返せないもんね。でも、満さんに助けてもらえばもう——」

「——穂香まで、俺から奪うのか」

ありとあらゆる感情を抜き去った声には、唯一怯えが残っていた。

てっきり怒るだろうと思っていただけに、不安げに震える声を意外に思う。

だから、反応が遅れた。

「だめだ。それだけは……」

「……あっ」

きつく手首を掴まれたかと思うと、柊くんは私が靴を履いたままでいるのもかまわず室内へと引きずっていく。

「離して！」

信じられないほど強い力は私の抵抗をものともしない。

振り払おうとすればするほど、彼の手は私を絶対に逃がすまいとその力を増していく。

やがて柊くんは二階にある私の部屋へ向かうと、ドアを開いて私を室内へ突き飛ばした。

「痛っ……」

床に倒れ込み、今までにない乱暴なやり方に顔をしかめて柊くんを睨む。

「なんのつもり――」

文句を言う前にドアが閉まったかと思うと、外から鍵を閉める音が聞こえた。

「ちょっと！」

慌てて鍵を開けようとするけれど、普通ならば中から開けられるはずのドアが開かない。

まるで最初から内側の鍵は飾りだったかのようだと気づいて、ぞっとした。

この部屋を私の部屋として用意したのは、ほかでもない柊くんだ。

もしもこんなふうに閉じ込めることを想定して、あてがったのだとしたら。

今まで私は、いつか自分を閉じ込めることになる部屋で生活していたのだ。

「開けて！」

ドアの向こうから妙に鈍い音がした。

「……行かないでくれ」

必死にドアを叩く音の合間に怯えた声が落ちる。

ぎょっとするほどその声が近いと気づいて、彼が私の部屋のドアに背をもたれさせているのではないかと感じた。

「柊くん」

名前を呼んでもそれきり返事がない。

でも、彼が立ち去った気配はなかった。

「柊くん……」

勝手に兄に会ったことを怒り、罰のつもりで閉じ込めたのだと言われたほうがよほど納得いく。

『……行かないでくれ』

私を傷つけたくてやっているとはとても思えない怯えた懇願は、以前にも一度だけ聞いた。朝に弱いらしい彼が寝ぼけて私を抱き締め、甘えるように言ったときだ。

「私、あなたが抱えているものをなにも知らないんだよ……」

なんのために私を閉じ込めておける部屋を用意したのか、なぜ今、その部屋に私を捕らえたのか。

ドアの向こうにいる柊くんはなにも言ってくれない。

●どこへも行かせない

数日経っても柊くんには私を解放する気がないようだった。

さすがに手足を拘束されるような真似はされないけれど、外への連絡手段はしっかり奪われている。

傷つけたいわけではなさそうだと思ったのは間違いではなかったようで、食事や飲み物といったものの手配はしっかりしている。

私を逃がさないために自分も外へ出ようとしない彼へ、仕事は大丈夫なのかと質問したところ、『在宅勤務に切り替えている』と抜け目ない回答があった。

つまり彼は続けようと思えば、いつまでもこの生活を続けられるのだ。

こんな不便を強いるくせに、柊くんは私が望むことを可能な限り叶えようとする。

どこまで許されるのかと、監禁状態でねだる理由のない紅茶とケーキを頼んでみると、少し時間はかかったもののちゃんとおいしそうなものを用意された。

ドアが開くタイミングは何度かあったものの、柊くんは私と目を合わせようとせずに淡々と物資を差し入れるだけで、話そうとはしない。

「今後一生、私を閉じ込めておくつもりなの？」

少し湿った髪をバレッタでまとめながら、うつむいた柊くんに質問した。

監視つきではあるものの、ちゃんとシャワーなども許されている。やはり私を必要以上に苦しめるつもりはないらしい。

「どうしてこんな真似をするの。話してくれないとわからないよ」

「話して、わかるのか」

根気よく話しかけていたのが功を奏したのか、柊くんがかすれた声で答える。

「わからなくても、わかるようにするための努力はできるよ」

「……俺を憎んでもいい」

繋がらない返答を残し、柊くんは部屋を出て行った。

「……なにそれ」

ただでさえわからないと思っていたのに、謎かけのようなひと言しか与えてくれない。

まだ廊下にいるだろうと判断し、ドアに近づいて外へ声を発する。

「どうしてあなたが傷ついた顔をするの？　私のほうがよっぽど怒ってるし、傷ついてるよ。こんなひどいことをされて、今まで通りの夫婦でいられると思ってる？」

返事はなかったけれど、微かに衣擦れの音がした。

思った通り、彼はおそらくドアを隔ててすぐの場所にいる。

「私が満さんと話したのは、あなたのことを知りたかったからだよ」

「……借金の件は？　俺のもとを離れたいんじゃないのか」

「あれは話してから、そういう手段もあったんだって知ったの。たしかに手を貸してもらえば、この結婚生活を終えられると思ったよ。子どもを作るための道具みたいな扱いは、もう二度とされずにすむのかもって」

話を聞いてくれはするようだと判断し、さらに続ける。

「どうして私なんかと子どもまで作って後継者になりたいのか、これも教えてもらってない。満さんはあなたが千堂家に復讐をしたいからだって言ってた。過去の話を聞く限り、そうしたくなっても無理はないと思う。でも私、あなたの口からなにも聞いてないの」

少し反応を待つも、返事はない。

もうひと言必要なのだろうかと考え、言葉を選んで柊くんに伝えようとする。

「復讐が目的なんだとしたら、止めたいけど止めたくない。あなたには傷ついてほしくないよ。でも、私を利用してまで叶えようとした望みを奪いたくもない」

ドアの向こうから柊くんの気配を感じず、もうリビングへ戻ってしまったのかもしれないと寂しい気持ちになる。

そうでないことを信じ、彼がなにも言ってくれない分、自分の気持ちはちゃんと伝えようとした。

「……私ね、たまに道具扱いされて悲しいなって思うときもあったけど、この結婚生活の全部が嫌なわけじゃなかったよ」

ふたりで出かけた日のことが、今はもう遠い記憶に感じられる。

振り返ると、テーブルの脇に黄色いハーバリウムがあった。初めてのデートの記念にと柊くんが買ってくれたものだ。

あのとき買ったもう一本の青いハーバリウムは、彼がどこかへ持っていってしまった。おそらくは私に入室を許さない、彼の部屋に置いてあるのだろう。

「言ったよね。柊くんだから結婚したんだって。……初恋の人だったからって」

あのときはすぐに答えられなかったけれど、今なら言える気がした。

なにも教えてくれないくせに甘えてきて、子どもを作るためだと言うくせに優しく求めてくる矛盾した人。

幼い頃に終わったと思っていた恋は、彼と過ごしているうちにいつの間にか再び芽吹いていたようだ。

「こんなふうに閉じ込められても、憎んでいいって言われても、私は――」

◇◇◇

ひと息に階段を下りきり、穂香の声が届かないところまで逃げる。

『こんなふうに閉じ込められても、憎んでいいって言われても、私は――』

服が皺になるのもかまわずきつく胸もとを掴み、全力疾走した後かと錯覚するほど荒くなった息を整えようとする。

あの先の言葉は聞きたくなかった。

なによりも求めているくせに、もしかしたらという思いがどうしても消しきれない。

「違う、穂香は違う。違う……」

まったく整わない呼吸がますます乱れ、次第に息ができなくなっていく。

「穂香は違う……」

自分に言い聞かせる言葉を信じたいのに信じられない苦しみで、目の前が真っ暗になった。

「柊ちゃん」

四歳の頃、俺をそう呼んでかわいがってくれた家政婦がいた。

彼女は本家の人間から虐げられていた俺と母を哀れみ、本家から提供される粗末な食事だけでは足りないだろうとこっそり差し入れをし、誰もいないところで話し相手になってくれるような優しい人だった。

嘲りと敵意ばかり向けてくる大人の中で育った俺が、彼女に心を許すまではかなり時間がかかったように思う。

それでも俺に優しくする彼女を最後は慕うようになったが、その目的と本性が明らかになるまで一年もたなかった。

「どうして」

着られなくなった古い服で作ってくれた、母のぬいぐるみ。

ほかになにも持たない俺の唯一の宝物だったそれを、彼女は目の前で燃やした。

「おれ、なにもしてないよ。いい子にしてたよ……」

あのとき、彼女がどんな顔をしていたのか。信じていた人に裏切られたつらさごと、忘れてしまった。

覚えているのは宝物が灰になっていく光景と、布が焦げる不快な香りだ。

彼女は何度も俺をかわいがり、大好きだと言ってくれたのに。

本家の——満の母親が灰を抱き締めて泣く俺に言ったのは、彼女が多額の金と引き換えに千堂家の屋敷を去ったことだった。

たぶん彼女は、俺の心の拠り所となっていることを知られてしまったのだろう。

あるいは、最初からこれが目的で俺のもとに送り込まれてきたか。

どちらにせよ、正妻によって親戚や、父の知り合いといった人々が俺の敵に回ったように、彼女もまた金銭と引き換えに俺を捨てたのだ。


いつの間にか床にへたりこんでいたと気づき、震える手を壁について身体を支えながら立ち上がる。

穂香は、違う。

彼女は昔から裏表のない性格で、自分の思ったことをきちんと口にする女性だった。

俺に伝えようとした言葉だって、あの流れを考えれば否定的なものだとは思えない。

それでも怖いのだ。

憎んでもいいと言っておきながら、彼女に憎まれる日を想像しただけで息ができなくなる。

幼い頃の穂香はその言葉の深い意味も知らず、何度も俺に『好き』と言った。

そんな彼女に、嫌いだと言われたら？

もっとつらいのは、このいびつな関係を終わらせるために『好きだ』と嘘をつかれることだ。信じていた家政婦が俺を裏切ったように。

萎えた足を引きずってソファに座り、額を手で押さえて息を吐いた。

このままではいけないいなんて、穂香よりも俺のほうが理解している。

だが、彼女を自由にしてやろうとドアノブにかけた手はいつも震えた。

「……行かないでくれ」

うめくようにつぶやく。

穂香は、母以外の味方を持たなかった俺の人生で最も尊く、愛おしい存在だ。

それをこんな形で捕らえて苦しめている自分が、許せない。


あれは六歳になってすぐの頃だった。

以前からなにかと視界にちらついていた満が、突然俺と母が生活する離れの住まいと本邸を繋ぐ外廊下に現れたのだ。

「……なにをしにきたんだ」

三つ上の兄とは、半分しか血が繋がっていない。

あの恐ろしくおぞましい女の血を継いでいる、俺にとっての敵だ。

「一緒に遊ぼうと思って」

ぎこちなく笑ったその顔が怖かった。

俺に手を差し伸べるのも、今まで与えられたことのないおもちゃを持っているのも、ほかの奴らがそうしてきたのと同じで俺を傷つけるために決まっている。

「ぼく、弟がいるって聞いてうれしかったんだ。だから――」

満が俺に向かって差し出した手を、持っていたミニカーごと叩いて払う。

ミニカーは重い音を立てて廊下の床に落ちると、その勢いのままだだっ広い庭に滑っていった。

「どっか行け！　お前なんか嫌いだ！」

「なにするんだよ！」

かっとなった満に掴みかかられたとき、怒りよりも安堵を感じた。

抵抗するだけ面倒が増えると知っていた俺は、満のしたいようにさせようと身体をゆだねて目を閉じる。

やっぱり信じなくてよかった。最初からこいつも俺を傷つけるつもりだったんだ。いずれこいつの母親のように俺から大切なものを奪うのだろう。

あとはほかの親戚が連れてきた子どもたちと同じ対応をすればいい。

気が済むまで蹴るなり、ボールの的にするなり、勝手にしてくれと思ったのだが。

「……あっ!」

声を上げたのは俺だったのか、それとも満だったのか。

身体が外廊下から庭へ投げ出されて、思いきり突き飛ばされたのだと理解した瞬間、勢いよく地面に落ちる。

がっと鈍い音がしたかと思うと、肩から背中にかけて激しい痛みが走った。

庭といってもだだっ広く、離れの部屋に近いためほとんど手入れされていない。そのために砂利からこぶし程度の大きさの石まで、乱雑に転がっている。

どうやら外廊下から投げ出された俺は、運悪くその石の上に落ちたらしい。

「あ……あああっ!」

思わず触れた自分の背中から真っ赤な血が溢れていることに気づいた俺は、声にならない絶叫を発した。

その後どうなったのかはよく覚えていないが、さすがに放置はされず病院に連れて行かれたようだ。

母の話によると、当たりどころが悪かったようで肩から背中までざっくりと切れていたらしい。

『私のせいでごめんね』と、泣きながら抱き締めてくれた母に謝りたかったのは俺のほうだ。

俺が簡単に傷つけられる存在だと思われているせいで、こんな怪我をしたうえ、母を泣かせる羽目になってしまった。

いつか奴らに復讐してやろうと誓ったのはこのときだ。

無視できない存在にまで上り詰めて、俺と俺の母への仕打ちを後悔させてみせる。

そのための力をつけねばと思っていたのに、傷の抜糸を終えてすぐ、母は俺を見知らぬ家に預けたのだ。

母だけは俺を捨てないと信じていたから、最初は恐ろしかった。

何度も何度も、『お母さんの大事なお友だちの家だから』と諭されたが、『友だち』なんてものを持たなかった俺には信じる理由にならなかった。

「聞いて、柊。これ以上、あの家にいたらきっとあなたは今よりもひどい目に遭ってしまう。今回は不幸な事故だったかもしれないけれど、次は命を落とすかもしれないの。だからお願い。あの家のことはお母さんに任せて、あなたはここで幸せに生きて」

「嫌だ」

「……お願い」

「行かないで」

母の話は納得できなかったし、理解したくもない。

俺だけが幸せになってなんの意味があるというのだろう。

「必ず迎えに来るって約束する。……今までお母さんが馬鹿だったせいで、つらい思いをさせてごめんなさい」

「だめだよ。ここにいて……」

「ごめんね、柊。ごめんなさい……」

きつく抱き締められても、母と離れ離れになるのが嫌で泣きながら追いすがった。

それを見知らぬ大人がなだめてくるのが心の底から不快だった。

「お母さんしかいらない。お母さんだけでいいよ。ひとりにしないで……！」

泣き叫ぶ俺を振り切って去った母が迎えに来たのは、それから五年の月日を経てからになる。

こうして俺は仁和家に一時的に引き取られることとなったのだが、そこには妙な子どもがいた。

母と別れ、誰とも言葉を交わさず叶わない脱走を繰り返していた俺は、ある日これまで気にも留めていなかった子どもの視線に気づいた。

「しゅーくん」

そう言って近づいてきたのが穂香だ。

当然無視し、彼女の母親の隙をついて外へ逃げ出す。

父親は仕事で遅くなると言っていたから、今日こそ捕まらずに母のもとへ帰れるはずだと思っていたのに、走っていた俺は背後から聞こえた泣き声に気を取られて立ち止まってしまった。

「ほのちゃん、ころんじゃったのよ……」

どうやら俺についてきたらしい穂香が、道の真ん中に倒れてわんわん泣いている。

正直、苛立った。勝手についてきた挙げ句、俺の邪魔をするなんてどういうつもりなのかと。

そのまま放置して先へ進もうと前を向いた瞬間、悲しそうな声が俺の背中に刺さった。

「おいていかないで……」

その声はひどく俺の心を掴んで締め付けた。

裏切られ、捨てられ、拒まれて置き去りにされる悲しさを、よく知っていたから。

「……くそ」

母に会うチャンスだったのにもう一歩も先へ進めそうになくて、もと来た道を戻って転んだままの穂香を抱き上げる。

「うっ……うっ……」

「泣きたいのは俺のほうだ。お前のせいでお母さんに会いに行けなくなった」

「ほのちゃんがいるよぉ」

顔を涙と砂でぐしゃぐしゃにした穂香に抱き締められたとき、初めて母以外のぬくもりに触れたのを感じた。

「……お前なんかいたって意味ない」

強がって言うものの、自分がひどく動揺しているのがわかる。

この小さな存在は、俺を必要としているのだ。自分が切り捨てられそうになったとも知らずに。

俺がいなければこの子はひとりぼっちになってしまうと、なぜか強く思った。

「うぁぁぁん」

「な……泣くなよ……」

人目もはばからずに大声で泣き出した穂香にうろたえ、砂がついた手や膝、服を軽く払ってから背中を向けてしゃがんだ。

「ほら、おぶってやるから」

ひくり、と穂香がしゃくり上げる。

「おせなか、びゅーんする？」

「……普通におんぶするだけだ」

おずおずと、それでいて遠慮なく穂香が背中に乗ってきた。

三歳児とはこんなに重いのかと思うと同時に、これが俺を必要とする存在の重みなのかと心が震える。

「しゅーくん」

「……っ、首絞めるな」

「ぎゅ、ちがう？」

しがみつく穂香に首を絞められて文句を言うと、横から顔を覗き込まれた。

「おうちかえったら、アイスたべよ」

「……さっきまで泣いてたくせに」

「アイスきらい？」

「……食べたことない」

母のいない家になんて帰りたくないが、穂香を連れて行かなくてはならない。

「しゅーくん」

「なんだよ」

「いいこいいこ」

なんの前触れもなく、唐突に頭をぽんぽんなでられた。

母がしてくれるのと違ってひどく適当な手つきだし、転んで手が汚れていたから、きっと俺の髪にも砂がついただろう。

でも、その無邪気な行為に胸がざわざわした。

奇妙にくすぐったく、温かく、泣きたくなるような初めての気持ちだ。

これはどういう感情なんだ——と不安さえ覚え始めたとき、ようやく自分の存在を認められたことによるうれしさだと気づいた。

きゅっと唇を噛み締め、未知の温かさを教えてくれた穂香に問う。

「俺のせいでこうなったんだぞ。……なのに、どうして」

俺をなでていた手が止まり、また首を絞めたいのかと思うほどきつく抱き締められた。

「おんぶしてくれたよ」

そうなるに至った理由がそもそも俺だろう――と言ってやりたかったのに、穂香のうれしそうな声があまりにもまっすぐすぎて声が出てこない。

「しゅーくんは、いいこ」

うつむいた俺の頭をまだ穂香が雑になでてくしゃくしゃにする。

こんなにも純粋に、なんの悪意もなく触れてくれる人が母以外にもいるなんて、知らなかった。

あの日をきっかけに、穂香は俺にとって自分よりも大切な、特別な存在になった。

あるいは、母という依存先を変えただけだったのかもしれない。

でもたしかにあの頃の俺は彼女に救われていたのだ。

そしてそれは、今も変わらない。

父が病に倒れて千堂家に連れ戻されるまで、俺は穂香を心の拠り所にして生きた。

短すぎる日々だったが、俺の人生で最も幸せな五年間だった。

「……だめだ」

喉奥から絞り出すように声がこぼれる。

今すぐ穂香を解放し、自由にすべきだが、彼女が去ったら俺はきっと生きていけないし、俺を置き去りにする背中を見るくらいならいっそ死んでしまいたい。

醜く重い自分勝手な感情だと理解したうえで、なお受け入れてもらいたいと願う自分の愚かさをこれまで何度嗤《わら》ったか。

穂香にだけは拒まれたくない。

なにを失ってもいいから、俺の人生から穂香だけは奪われたくない。

二度と大切なものを奪われないための方法が、誰の目も届かない場所にしまっておく以外に思いつかなかった。

◇　◇　◇

「――柊くんが、好きだよ」

今日まで育まれてきた想いの名前をついに口にする。

でもその言葉は、拒むような足音に掻き消されてむなしく響いた。

その足音が遠ざかり、聞こえなくなるまで待ってからつぶやく。

「……そっか」

彼は私の話を聞いたうえで、最後までは聞く必要がないと判断したらしい。踏み込む行為はもちろん、この感情も柊くんには迷惑だったのだろう。

単なる契約関係なのだから、そう思われても仕方がないけれど。

向こう側からなんの気配もしなくなったドアを離れて溜息をつく。

閉じ込められたことに対して文句ばかり言ってしまったけれど、彼が以前よりも頑なになったのは私が満さんに会ったせいだ。

こんな真似をするほど傷つけたのだと思うと、申し訳なさで胸が苦しい。

でも、私は柊くんを理解したかったし、寄り添いたかった。

どうするのが正解だったのかわからず、うなだれる。

なにも進まないまま、また時間ばかりが無駄に過ぎていった。

柊くんが私を拒むなら、いっそもうここからいなくなったほうがいいんじゃないだろうか——。

視線は自然と窓に向かった。

いい大人がここから逃げ出す展開は想定していなかったようで、普通に鍵を開けられる。

二階から飛び降りるとなると勇気がいるけれど、幸いここは私の部屋だ。タオルや服を繋ぎ合わせれば、簡易ロープにできないだろうか。

漫画やアニメではよく見るし、と思いながらすぐに脱出の準備を始める。

靴がないのはこの際仕方がない。まずはここを出て、柊くんから離れるのが先だ。

長袖のセーターを何着か見繕い、袖と袖を繋いで縛る。それを繰り返すと結構な長さになった。

窓から垂らしてみると地面にはつかないものの、飛び降りるよりはいいだろうと判断できる程度の状態になった。

室内に残った簡易ロープの端は、デスクの脚に巻き付けて固く縛る。

あとはもう、降りている途中で解けないことを祈るしかない。

「よし」

勇気を奮い起こし、自分の頬を両手でぱちんと叩いた。

緊張と不安で心臓が激しく高鳴るのを感じながら、簡易ロープを伝って外へ飛び出す。

かなり厳重に縛ったおかげで最悪の展開にはならず、無事に地面へと降り立った。

私の部屋が玄関側だったのも幸いし、すぐに道を出て裸足《はだし》のまま駆ける。

柊くんと今後どうしていくか、まずちゃんと考える時間が欲しい。

この気持ちを抱えたまま彼と別れるか、もう一度だけ頑張ってみるか、ひとまず実家に逃げて、ゆっくり考えよう。

今日は休日。この時間なら、予定が入っていない限り父が家にいる。

広い道に出てタクシーを止め、降りた先で父に支払いをお願いすればとりあえずはなんとかなるだろう。

そう思っていたのだけれど、道に出た私は思わぬ人物と遭遇した。

「少しは落ち着きましたか？」

逃げ出した私と出会い、自宅だというマンションに保護してくれたのは満さんだった。

「はい。お騒がせして申し訳ありません」

よりによって満さんに保護されたのは、私にとってよかったのか悪かったのか。

これ以上、柊くんの意に沿わないことをしたくなかったけれど、あの部屋から逃げ出した時点でもう顔向けできそうにないと諦めて、今に至る。

どうしようもなかったとはいえ、ちりちりとした罪悪感が消えない。

「いえ……。こちらこそすみません。お見苦しいところを見せてしまって」

そう言った満さんの顔色は、先ほどよりは回復したもののまだ青白い。

彼は私が脱出する際に作った手の擦り傷を見て、具合を悪くしてしまったのだ。

大した怪我ではなかったものの、彼の尋常でない様子を見た私はバンソウコウを拝借し、傷が見えないように隠していた。

「見苦しいなんて、そんな」

「柊に怪我をさせて以来、どうしても血がだめで。情けない話です」

「……お気になさらないでください」

今も痕が残るような傷だから、怪我した瞬間はかなり出血しただろう。

その頃は満さんも子どもだっただろうし、自分のせいでという思いもあったならトラウマになっても仕方がない。

「それにしても、なぜ裸足で外に？」

あまり私に気遣わせたくないと思ってくれたのか、満さんが話題を変える。

「実は、柊くんといろいろありまして」

満さんとふたりで話した後に、柊くんとなにがあったのかを説明する。

聞き終えた満さんの口もとには苦い笑みが浮かんでいた。

「あなたを奪いたくて借金の件を提案したわけじゃなかったんですが、そうですか。柊にはそう思われたんですね……」

「私からうまく説明できなかったせいで、満さんまで悪く思われてしまいました。申し訳ないです」

「いえ、なにをしても柊は否定的に受け取るでしょう。でもまさか、そこまで穂香さんを大切に想っていたとは……」

「大切？　本当にそう思っているなら、閉じ込めたりしません」

対話を拒み続けた柊くんの態度を思い出すと、むなしさで泣きたくなる。

こじれたのは私の行いのせいとはいえ、あそこまでされるなんて思わなかった。

彼を好きだと自覚したからこそ、余計にあんな真似をされたのがつらい。

また満さんの前で涙を見せたくはなくて、唇を噛んで堪えていると、なぜかふっと笑う気配がした。

涙を引っ込めて満さんを見ると、自分が笑みを浮かべていると気づいたのか、頭を下げられる。

「すみません。柊を誤解していたのかもしれないと思いまして」

「……誤解ですか」

「ええ。僕の知る柊は、警戒心が強くて常に他人に敵意を向けていました。誰彼かまわず憎んでいると言ってもいい」

「…………」

「でも、穂香さんには違うんですね。閉じ込めてまで僕に近づかせたくないと思うくらい大切なんだなと」

「ポジティブな見方をすればそうかもしれませんが……」

「ひどい行いだというのはわかったうえで、やっぱり僕はあなたの言うポジティブな見方しかできそうにありません」

そう言って、満さんはさっき手当てをしたばかりの私の手をちらりと見た。

「柊が穂香さんのご実家から、再び千堂家に戻ったときの話は……聞いていません、よね」

「はい」

やっぱり、と満さんの唇がまたほろ苦い笑みを形作る。

「僕が十四歳のとき、父が病気で倒れたのをきっかけに柊はまた千堂家へ戻ってきました」

続けて満さんが語った内容はこうだった。

我が家で五年暮らした後、十一歳になった柊くんは千堂家に戻り、未来の後継者として必要な教育を扱いを受けるようになった。


厄介者扱いされていた柊くんが多少なりとも受け入れられたのは、千堂家に残った彼の母親の力が大きかったそうだ。

彼女は五年間、息子の立場を確実なものにすべく必死に戦っていたのだ。

しかし当然、正妻は愛人の言葉をはねつけた。

船頭《せんどう》多くして船山《ふねやま》に上るというように、後継者の資格を持つ者が複数存在しても、決していい結果にはならないだろうと。

「また息子の……僕の立場を脅かされることを避けるべく言ったのだと思いますが、母の言葉も間違いないと思うんです」

「……そうですね。揉める原因になってもおかしくありませんし……」

「実際、既に揉めた後ですからね」

軽く言ってはいるものの、満さんにとって笑いごとではなかっただろう。

「最終的には病から回復した父が柊を認めたため、改めて千堂家に迎え入れることとなりました」

「……どういう心境の変化があったんでしょう。だって一度は柊くんが外で過ごすのを認めたわけですよね」

「詳しくは僕もわかりません。ただ、父も柊を守ろうとしたんじゃないかな、と」

だったら最初から父親として守ればいいのに、と喉まで出かかったものを呑み込む。それを満さんに言ったところで過去は変わらないし、彼ら兄弟の父親に伝わるわけではない。

「どうして、うちだったんでしょう」

やりきれない思いを抱えたまま、ずっと気になっていたことをつぶやく。

「だって千堂家に比べて、うちはごく普通の一般家庭じゃないですか。どうしてそんな場所に柊くんを……？」

「穂香さんのお母さんと、柊の母親は友人の関係にあったと聞いています」

期待していなかった答えが思いがけず返ってきて驚く。

「私の母と、柊くんのお母さんが……？」

「父と母はたしかに名家の生まれ育ちですが、柊の母は……違うので」

言葉を選んだ結果、そんな言い方になったのだろうと気まずそうな表情を見て気づいた。

「そういうことなら、私の母と友人だったのも納得いきますね」

あまり深掘りする必要はないと判断し、その事実だけ噛み締める。

大事な息子を預けるほどだから、きっと母たちは単なる友人ではなく、親友と呼べるほどの間柄だったんじゃないだろうか。

この辺りは父に聞けばもう少しわかるかもしれない。

母はもう、聞きたくても聞けない場所に逝ってしまっているから。

「うちに戻ってきてからの柊は、最後に見たときと変わっていませんでした。むしろ以前よりひどくなっていたくらいです。誰に対しても無感情で、喜怒哀楽のどれも見せようとせず……。ですが、そんな柊が唯一大切にしているものがあったんです。仁和家から持ってきた小さな箱でした」

このくらいの、と満さんが手で箱の形を作ってみせる。

十センチほどの正方形の箱だ。彼が我が家から持って出たものなら覚えがありそうなのに、特に記憶を刺激するものではない。

「恥ずかしい話ですが、僕はどうしてもその箱が気になって仕方がなかった。だから柊が家庭教師のもとで勉強している時間に、こっそり中を覗いてみたんです。……後で気づかれて死ぬほど罵られました」

そんな懐かしそうに微笑して話す内容ではない気がするけれど、彼にとってこのエピソードは数少ない弟との思い出なのだろう。

「なにが入っていたんですか？」

「お守りです。フェルトで作った、黄色い星の。……覚えていませんか？」

「いえ、特には……。……あ」

記憶の片隅によぎったのは、母とふたりで作ったフェルトの針刺しだ。

二枚のフェルトを重ねて縫い、中に綿を詰めるそれは、たしか上手にできたように思う。

そのとき、余った生地で柊くんのためにお守りを作ったはずだ。

「その……子どもが作ったような不格好なもので合っていますか？」

「言葉を選ばずに言えば、そうですね。だけど一生懸命作ったのがわかる、温かな品でした」

「……どうして柊くんはそれを箱にしまっていたんでしょう」

「誰にも取られたくない大切なものだからですよ」

箱の中身を勝手に見たと知られ、罵られたときを思い出しているのか、満さんの眼差しが遠い。

「本人が言ったんです。『穂香がくれたものだ』『絶対に奪わせない』と」

「柊くんがそんなことを……」

「ほかにもいろいろありましたよ。カラフルなビーズのブレスレットや、色あせた押し花のしおりなど。……全部、あなたが柊にあげたものですよね」

さすがに細かくは覚えていないけれど、あれこれと柊くんにプレゼントしていた記憶はある。

「あれは柊にとって大事な宝物だったんです。……自分のものを奪われすぎて、あんなふうにしまっておかないと怖かったんでしょうね」

ようやく、満さんがなぜ私を閉じ込めた柊くんの行為をポジティブなものだと捉えているのかを理解した。

「私も同じ、ということですか」

「僕はそう思いました」

奪われるから、大切にしまって——閉じ込めておく。

だから柊くんは私を傷つけないように細心の注意を払って接していたのだ。

閉じ込めるというその行為自体が私を傷つけていると、知っていたのかどうかは本人に聞かなければわからないけれど。

「柊にとってあなたは、誰の目にも触れさせたくないほど大切な宝物なんでしょう」

柊くんの悲痛な『行かないでくれ』という声が脳裏によみがえる。

なぜ彼があんな真似をしたのか、ようやく理解した。

そのうえで、自分の考えを口にする。

「……私は人形じゃありません」

「……そうですね」

「お守りでも、ビーズのおもちゃでも、押し花でもないんです」

「……ええ」

満さんに言ってもしょうがないとわかっていても、すれ違う気持ちを吐き出さずにはいられない。

「柊くんは私を大事に思っているんじゃありません。もし本当にそうなら、彼が見ているのは昔の私であって今の私じゃない。そうじゃなかったらちゃんと今の私と向き合って話ができるはずです」

「…………」

「幼い頃の話で覚えていない部分も多いですが、昔の私は当時の柊くんにとって都合のいい存在だったんでしょう。自分の目的のために契約結婚を強要しても受け入れてくれる相手なんだ、と」

満さんが語る柊くんも、きっとなにもかもが間違っているわけではない。

だけど私が見てきた柊くんとは違っている。

遠くから見る兄の視点と、近くで接してきた妻の視点のどちらがより正しいか決めなければならないとしたら、いくら満さんが柊くんを気にかけてきたとしても、私のほうが正しいように思う。

彼を気にかけて寄り添いたいと見守ってきたのは、私も同じなのだから。

「もし柊くんが私と向き合って、全部話してくれたら。大切なら大切なりに、その気持ちを教えてくれたら、私だって……」

「……穂香さん」

「向き合おうとしたのに。好きだって言おうとしたのに……」

目の奥が熱くなって唇をきつく噛み締めた。

「私だって、普通に愛されたい……」

「………」

「でも、あの人にはできないんです。他人を憎んできた時間が長すぎて、愛なんて知らないから――」

「愛を知らないというのは違うんじゃないかな」

静かに話を聞いていた満さんが声を上げる。

「なぜ、そう言えるんですか？」

「柊は家族も、自分自身も、世界中のなにもかも憎んできました。仁和家で暮らした五年の間に、自分をひとりにした母親を恨むときだってあったでしょう。だけどあなたのことだけは過去も今も憎んでいない」

「それこそ、私を都合のいい存在だと思っている証拠じゃ……」

「今、柊はあなたを憎んでいると思いますか？」

思わない――と頭の中で即答してしまった。

柊くんはなにをされたとしても、私だけは憎まない気がする。

なにも言えずに口を閉ざすと、満さんは長いまつげを伏せて言った。

「これを愛と呼ばないなら、なにを愛と呼ぶのか僕にはわからない」

なにか言わなければと思ったし、言うべきだとも思ったのに、うまい言葉がまったく出てこなかった。

「穂香さん。柊と仲直りしてやってくれませんか」

それを、本来であれば後継者争いの相手である満さんに言われるのはとても奇妙な気がした。

「今こうなったのも僕のせいだとわかっています。そのうえで、できることがあれば協力させてください」

「どうしてそんなことを言えるんですか？　満さんも柊くんに向き合おうとして拒まれたんですよね。それなのに、なんで……」

「下心じゃないでしょうか」

したごころ、と声に出さずに唇を動かす。

「ふたりが仲直りしてくれたら、穂香さん経由で僕と柊も仲良くできるかもしれませんから」

わざとらしく明るい言い方をしているし、下心なんて言葉はいやらしさを感じるけれど、これはたぶん、満さんの本心だ。

「柊くんとの関係を変えたいんですね」

「それは、まあ。……たったひとりの兄弟ですし」

柊くんとその母をいじめ抜いたのは彼の母親だと言うけれど、どんな育て方をしたら満さんのような聖人になるのか見当もつかない。

彼も大人の事情に巻き込まれた被害者だからこそ、なのだろうか。

「……わかりました」

彼をちゃんと想ってくれている人の気持ちを尊重したくて、結論を出す。

「もう一度だけ……柊くんと向き合ってみます」

改まって言ったものの、きっと私の心は最初から決まっていた。

実家に逃げて考え直しても、私は柊くんと別れられなかっただろう。

彼を好きだという気持ちも、愛されたい気持ちも、依然として変わらないままなのだから。

「すみませんが、電話を貸してもらえませんか？　直接顔を合わせて話す前に、連絡しておきたくて……」

「よかったら使ってください」

満さんがスマホを取り出し、操作してから私の前に置いた。

画面に映し出されている番号に覚えはないけれど、名前の表記は『千堂柊』とある。

「ありがとうございます」

満さんの番号からでは出ない可能性を考え、非通知設定で発信しようとする。

「非通知だと出ないかもしれません。立場上、身元のわからない連絡先を避けるのは柊も同じだと思うので」

そういえば彼らはどちらも社長という立場だったのだと思い出す。

そうでなくても千堂家の御曹司だから、その辺りはきっちり考えていそうだ。

「とはいえ、僕の番号からかかってきた電話は拒否するかもしれませんね。あなたがいなくなったことにはもう気づいているでしょうし、このタイミングでかかってきたなら出ると思いますが……」

「そのときは覚悟を決めて、直接話をしに帰ろうと思います」

スマホを持つ手が少し震え、深呼吸して自分の気持ちを落ち着かせた。

だめだったら直接話をすると言ったものの、これが最後のチャンスだと思った。

今回も柊くんに拒まれたら、心が折れて戻らなくなる気がする。

お願い——と心の中で願い、彼への期待を込めて通話ボタンを押した。

コール音はやけに長かった。

事前に満さんの番号を拒否しているなら話はここで終わってしまう。

どうなるかと息を殺して待っていると、いつの間にか耳に馴染んだ低音が鼓膜をくすぐった。

『なんの用だ』

「もしもし、柊くん？」

目の前にいなくても目を見開いて驚く表情が想像できるくらい、はっきりと息を呑む音がした。

『穂香。どこにいる？』

激しい焦りの中に安堵も交ざっている。

「満さんの家だよ」

『大丈夫なのか？　なぜそんな場所に？』

私の身を案じてくれた事実にうれしさを感じると同時に、兄のもとにいると聞いてすぐそう問われたことに寂しさを覚える。

「私なら大丈夫。あのね、もし私と話してくれるなら――」

『すぐに行く』

まだ最後まで言い切っていないのに電話が切れた。

どう反応していいかわからないまま満さんにスマホを返すと、なんだかうれしそうに口もとを緩めている。

「着信拒否まではしていなかったんだな……」

まるで特別な宝物でも見つけたかのような、弾む気持ちを隠しきれない声が切ない。

「ありがとう、穂香さん。おかげでひとついいことを知れました」

「もし柊くんとうまくいったら、必ず兄弟仲が改善するようにします」

ただ弟との良好な仲を願ういじらしいこの人を、少しでも楽にしてあげたくて力強く言う。

「いつか三人で食事でもしましょう。今まで話せなかったことを全部話す会にするんです」

「……いいですね。本当にそんな日が来たら……」

新しい願いを宿したその声は微かに震えていたけれど、指摘はせずにさりげなく視線を横へ向けておく。

すん、と鼻を鳴らす音がしたのはきっと気のせいだろう。

それから三十分も経たないうちに、柊くんが私を迎えにやってきた。

「穂香！」

満さんが玄関のドアを開けた瞬間、私を見つけた柊くんが兄にはわき目も振らず室内へ飛び込む。

そして全身の骨が軋むほど強い力できつくきつく抱き締めてきた。

「い、痛――」

「俺の前からいなくならないでくれ」

血を吐くような悲痛な叫びが私の胸を突く。

「頼む……」

私を包む彼の腕の力が強すぎることも忘れ、次の瞬間にはその背中をなでていた。

「……うん」

もっと言いたいことがあったはずだ。

ずっと対話を拒み続けていたこと。閉じ込めたこと。

たくさんの恨み言をぶつけてやろうと準備していたはずなのに、言葉は全部消えて溶けてしまった。

「いきなりいなくなってごめんね」

少しだけ腕の力が緩んで、代わりに後頭部を引き寄せられた。

柊くんの胸に顔を押し付けられる形になり、今度は痛みではなく息苦しさが訪れる。

「お前が穂香を連れて行ったのか」

私への懇願と違い、満さんに向けたひと言には明確な敵意がある。

「僕は――」

「違うよ。私があなたと一緒にいられないと思って逃げたの。だって閉じ込めたりするから」

満さんから説明しても、きっと柊くんは聞かないだろうと判断し、私から説明する。

「ちゃんと連絡したのだって、満さんに仲直りしてほしいって言われたからだよ。それなのに責めるの？」

私を見下ろす柊くんの顔には、あきれるほどわかりやすく不快だと書かれていた。

ここで引けばこれまで通りだと考えて、彼の胸を軽く押しのける。

「帰ってちゃんと話をしよう。柊くんにその気があるなら、だけど」

「お前が戻ってきてくれるならなんでもする」

即答されて絶句していると、背後から声がした。

「穂香さんがお願いすれば本当になんでも叶えそうだな」

「……慣れ慣れしく穂香の名前を呼ぶな。お前のものじゃない」

「柊くん」

放っておけばすぐに噛みつく柊くんをなだめ、外を促した。

「帰ろう？」

「……ああ」

満さんに軽く頭を下げると、頑張ってとでもいうようにうなずかれる。

少なくとも私には味方がいるのだと勇気が湧くのを感じながら、今度こそ柊くんと向き合うための一歩を踏み出した。

帰宅してからずっと、柊くんは私の手を離さなかった。

近すぎるんじゃないかと思うほど近距離に座るせいで、せっかくの広いソファが台無しだ。

「お前がいなくなったのを知って、どれだけ焦ったかわかるか」

「わからないよ。だって柊くんが私をどう思っているか知らないもの」

「…………」

言いすぎたと申し訳なさを感じるくらいきつく言っておく。

「……俺が悪かった」

「……うん」

指先が白くなるまできつく握ってくる柊くんの手をほどき、代わりに私のほうから彼の手を包み込んだ。

「だから、どこにも行かないでくれ」

「……そればっかり」

「ほかになにも望まない」

柊くんは自分の手ごと私の手を引き寄せると、そこにぬくもりがあることを確かめるように唇を押し当てた。

彼の体温が手の甲に触れ、こんなときだというのに胸が疼く。

「ひとつ、聞いてもいい？」

「……なんだ」

「今も私が作った星のお守りを持ってるの？」

柊くんは私を見つめてゆっくり目を見開いた。

そしてほんの少し悩んだ素振りを見せてから手を離し、二階へ歩いていく。

しばらくして戻ってきた彼の手には、持ち運び可能な手提げ金庫があった。

鍵に打ち込まれた四桁の数字は私の誕生日。大人になってから伝えた覚えはないのに、昔知ったのを覚えていたのだろうか。

「お前が言っているのは、これのことか？」

金庫の中には、ここまで厳重に管理する必要がまったくないものしか入っていない。

黄色の星——と呼ぶにはかなりいびつなフェルトのお守り。

色あせて茶色くなった、おそらくアサガオだったと思われる花のしおり。

小さい女の子が喜びそうなブレスレットは安っぽいビーズでできていて、柊くんの持ち物だとはとても思えない。

ほかにもたくさんのガラクタがあった。

覚えているものもあれば、ちっとも思い出せないものもある。

「……私があげたもの？」

「ああ」

フェルトのお守りは黒ずんでくしゃくしゃになっており、彼が何度も握りしめたのだろうということを容易に想像させた。

「あの五年間にもらったものは全部しまってある」

誰にも奪われないよう、今は金庫に入れて——。

そんな心の声が聞こえた気がして目の前が滲む。

私に奪われると思ったからそうしたわけではないだろう。

大事なものをしまっておかないと安心できないのは彼の癖なのだ。

満さんの予想は正しかった。

柊くんは私を特別扱いしているから、常識外の手段を用いてでも自分のもとから失われないようにしたのだと、もう認めるしかない。

「ねえ、柊くん」

「ん」

「どうして私に結婚しろって言ったの？」

彼の兄は、弟の想いを愛と呼んだ。

だけど私の知っている愛は、もっと温かくて幸せなもので、憎まないから、閉じ込めたい存在だから、なんていびつなものではない。

それでも、人の数だけ愛の形もあるのかもしれないと、柊くんの言葉で聞かせてほしくて質問する。

柊くんはためらいを見せたけれど、ややあってから唇を開いた。

「穂香が、欲しかった」

一瞬、罪の告白をしているのかと錯覚するほど、深い罪悪感に満ちたひと言だった。

「……あの日は、ただ会いたかっただけで」

ぽつぽつと語りながら、柊くんはまた私の手をきつく握りしめていた。

「やっと時間が取れたから。本当はもっと早く会いたかった」

自分の本心を明かすことに慣れていないのだろう。さらに、その行為に強い拒否感と恐れを抱いている。

そうでなければ、今にも倒れそうな真っ青な顔色で、脂汗まで浮かべながら話す理由がない。

話したくないのではなく、話せなかったのかもしれないと、空いた片手で柊くんの背中をなでながら思った。

「無理しないで」

「……いや」

柊くんは弱々しく首を左右に振ってから、儚い笑みを無理に作った。

「またいなくなられるのは困る」

無意識にぐっと唇を噛み締めてしまい、浅い呼吸を繰り返す彼の背中をなでていた手が止まった。

この人は私を引き留めるためだけに、ひどくストレスのかかる行為を耐えようとしているのだ。

話さなくていい、とは言ってあげられない自分の残酷さが恨めしい。

「ずっと、会いたかった。もう一度だけでもかまわないから」

「……うん」

「それなのに、欲が出たんだ。借金取りの件で感謝されたとき、チャンスだと。……今ならお前を手に入れられるんじゃないかと……思った」

「後継者の座を手に入れるためじゃなかったの？」

「そんなものどうでもいい。俺が欲しかったのはお前だけだ」

欲しかったのは、私だけ――。

柊くんがようやく口にした本音を、ゆっくり自分の中で咀嚼《そしゃく》する。

あの再会は計画されたものではなく本当に突発的なもので、後継者問題も結婚も全部その場の思いつきでしかなかったというのは衝撃的だった。

今思えば、提案したときの彼の様子は少しおかしくなかったか。

そういえば、子どもまで作る必要があるのかと尋ねたとき、妙な間があった気がする。

「大切にしたかったのに。……無理矢理奪ってしまった」

初めて肌を重ねたときの話だろう。いまいち主語がはっきりしないのは、心の内を明かすのに抵抗があるせいで、考えがまとまらないからか。

「奪われる気持ちは誰よりも知っているはずだったんだ。なのに、俺は……」

柊くんは私の手ではなく、自分の手に痕がつくほど深く爪を立てて続ける。

「そんなにしたら痛いよ。大丈夫だから。ね？」

「うれしかった。このまま死んでもいいと思った」

とてもそんなふうには思えない、苦悩と後悔でいっぱいの声だった。

私との生活を喜ぶ一方で、彼にとっては苦痛の日々でもあったのではないだろうか。

ふと、だから彼は私を妻の役目から遠ざけたのかもしれないと思った。

自分の望みのために私の意思を蔑ろにした自覚があるなら、それ以上を要求できなかったんじゃないか、と。

……肌を重ねる件については、最初に結婚だけでなく子どもにまで言及したせいで引けなかったのだろう。

もっともこれは、柊くんが言葉にしたわけではないから私の憶測でしかないのだけれど。

「ほかの誰かを好きになったことがあると言われて、どうにかなりそうだった」

「うん。……でもあれは、どう説明したらいいかわからなかっただけだよ。付き合った経験はあるし、いい人だと思ったから告白を受け入れたけど……。そのときの雰囲気もあったし、友だちに恋人がいて焦りもあったと思う。嫌いじゃないって意味のほうが近いよ」

柊くんをなだめるためではなく、本心からそう思って伝える。

恋人になった人たちは、みんないい人だった。

会話が弾まないなんてこともなく、普通に青春のひとコマをともにした友だちよりも少し親しい異性が、私にとっての恋人だ。

黙ってしまった柊くんが再び手に爪を立てたのを見て、すぐに止める。

自分の心の痛みを誤魔化すためにやっているんじゃないかと、なんとなく思った。

「柊くんは……」

うつむいた柊くんに、今度は私から話しかける。

「……私が好きなの？」

緊張と不安で心臓がどくどくと高鳴って、私の呼吸まで荒く乱れた。

彼の言動からするとそうとしか思えないけれど、その愛は私の知るものと異なっている。

どう答えるのか怖すぎて、柊くんが口を開くまで何時間も経ったような気がした。

「そんな言葉では表しきれない」

静かな返答は、私へ向ける感情がいかに大きく深いかを如実に示している。

「お前がいなければ死んでしまう」

こんなに重く悲しい愛の告白を聞いたのは、生まれて初めてだ。

彼にとって私はそれほどの存在なんだと、ようやく理解する。

「……聞かせてくれてありがとう」

黙りこんだ柊くんを抱き締めて、もう不安を感じずに済むよう声をかけた。

「でもそれはちょっと重いね」

「……だめか」

「ううん」

顔を上げた柊くんの瞳には、見捨てられることへの怯えが浮かんでいる。

思えば彼は何度か私に対してこんな表情を見せなかったか。

もっと早く気づいて、受け止めてあげるべきだったのだ。

「きっと私しか受け止められないから、その気持ちはほかの人にあげないで」

柊くんのこの重い愛情を誰にも奪われないために、大切に閉じ込めて私だけを見てほしいと少し思った時点で、私たちは似た者同士なのかもしれない。

「好きだよ、柊くん。……だから死ぬなんて言わないで、一緒に生きて」

蒼白になり、冷えきった両頬を手で包み込んで顔を寄せる。

そっとついばんだ唇が涙を堪えるようにわななないてから、ぎこちなくキスを返してきた。

「こんな俺でも？」

こんな、と表現したことが悲しい。ようやく向き合ってもなお、彼のすべてを理解できたわけじゃないという事実を突き付けられたように思った。

だからこそこれから知っていきたいし、ひとりで抱えるしかなかった傷を包み込む存在になりたいと、もう一度キスを贈る。

「今さらほかの人は好きになれないかな」

私にしか向けないものだとしても、彼の優しさや思いやりは知っている。

それに、世界がどれだけ広くても、私だけをここまで一途に想ってくれる人は柊くん以外にいない。

「……証明してくれ」

以前にもそんなようなことを言われた気がしたと思ったら、次の瞬間には優しくソファに押し倒されていた。

私からしていたはずのキスはいつの間にか柊くんから与えられるものに変わっていて、触れるだけだったのが少しずつ深く長くなっていく。

先ほどとは違う理由で荒くなった呼吸を絡み合わせても満たされず、このまま溶け合ってしまえばいいのにと願いながら抱き締めた。

「俺も、穂香が好きだよ」

私に触れる柊くんの唇と指先は、初めて求められたときよりも熱かった。


心地よいまどろみを終わらせたのは、髪をなでる優しい手の感触だった。

重いまぶたを開くと、柊くんが穏やかな表情で私を見つめている。

「今、何時……？」

「十一時だ。朝じゃなくて夜の」

「寝坊したんじゃないならよかった」

どうやら私は彼に求められた後、そのまま眠りに落ちてしまったらしい。

ソファから浴室へ、その後は寝室へ移動したのを覚えているけれど、自分がいつ意識を飛ばしたかまでは覚えていなかった。

「まだ、俺を好きか？」

「どういう意味？　ちゃんと好きだよ」

「……なら、いい」

柊くんが私を抱き締めて、ほっと息を吐いた。

「……嫌われたと思ったの？」

「…………」

「嫌うなら閉じ込められたときに嫌ってるよ。……あ、もっと前かも」

「え」

「子どもを作るだけでいい、とか。結構傷ついた」

「……すまない」

「いいよ。幸せにしてくれるなら許してあげる」

わざと明るい言い方をして、私も柊くんを抱き締める。

彼は私を繋ぎ留める方法を知らなかっただけで、自分でもそのやり方が間違っているのをわかっていたんじゃないだろうか。

そうじゃなかったら、すべてを告白したときにあんなつらそうな表情を見せないはずだ。

「また、話を聞かせてくれる？」

「もう全部話した。本当だ」

「ううん、まだ残ってるよ。うちを出て千堂家に戻ってからのこと。どうしてミルホテルの社長になってるか、とか」

「……普通に学んで経営に携わっただけだ」

「それで話を終わらせるつもりなら、私も今度から柊くんになにを聞かれても『普通にしただけ』って答えるからね」

自分の返答が間違っていたらしいと気づいたのか、柊くんがむっつりと黙る。

そしてちょっとだけ抗議するように私の髪をくしゃくしゃにした。

「そもそも仁和家に行った理由は、母が俺の怪我をきっかけに、これ以上千堂家には置いておけないと判断したからだ」

「うん」

その話ならば満さんからも聞いているけれど、せっかく話そうとしてくれているところに水を差したくなくて黙っておく。

「おばさんと母は親友の間柄だったらしい。学生時代はいつもふたりでいたとか」

五年間一緒に過ごし、徐々に心を許していっても、最後まで柊くんは私の両親をおじさんおばさんと呼んだ。

「今思うと、よくこんな問題児を受け入れたな」

「……柊くんにはいろいろありすぎただけだよ」

「千堂家の面倒事までついてくるのに。おばさんは母の件があるからともかく、おじさんは心底お人好しだ」

「そうだね。そのせいで借金まで抱える羽目になって」

誰にでも親切で優しいからこそ、父は利用されやすい人でもある。

「つまり俺はおじさんのおかげで、今こうしていられるんだな」

柊くんの指が手に絡んで甘えてきた。くすぐったいけれど、ほどきたいとは思わない。

「……借金を返したのは、本当に恩返しをしたかったからなんだ」

「結婚の話はうっかり出ちゃっただけだもんね」

柊くんはうなずいてからさらに続ける。

「昔もお前の家族は、俺になにも心配しなくていい、大丈夫だと言ってくれた。……本当は少し嫌だった」

「そうなの？」

「俺だけ、仁和家の人間じゃないのを自覚させられたからな」

「別にそんな意図はなかったと思うよ」

「わかっている。……俺はお前が思うより、歪んだ見方しかできない性格なんだ」

ひねくれているといえば簡単だけど、彼のそうした性格はつらい思いをしてきた過去が原因で培われている。

常に人を疑い、否定的に見なければ自分の心を守れないような環境にいたのだと、改めて寂しい気持ちになった。

「もう少し子どもらしい性格だったら、あの五年間をもっと楽しく過ごせたんだろうか」

「……楽しくなかったの？」

「いや。……幸せだった。千堂家に連れ戻されてから、毎晩夢に見るくらいには」

「夢……」

「お前の夢ばかりだったな。……会いたくてたまらなかった」

切なげな言い方だったけれど、つらそうには聞こえない。

今はもう、ここに私がいて安心しているからだろうか。

「会いに来てくれてよかったのに」

「それはできなかった。俺の居場所を死ぬ気で作ってくれた母のためにも、早く確実な地位を手に入れる必要があったんだ」

「だから、今は社長さんになれたんだね」

「……後継者の椅子も欲しくないわけじゃない。お前よりは優先度が低いだけで」

「それはやっぱり、千堂家で生きるため？」

「違う。母のためだ。誰も俺に逆らえなくなれば、もう心配をかけなくて済む」

たしかに、もともとふたりがつらい目に遭った原因は弱い立場のせいだった。

文句を言われない今の自分を手に入れるために、この人はどれだけの努力をしてきたのだろう。

「早く自由になりたかったし、母を自由にもしてやりたかった。本当はおばさんが亡くなったときに顔を出したかったんだが……。なにを弱みだと思われるかわからないから」

声にひやりとしたものが交ざり、やはり彼は基本的に他人を信用していないのだと思わされる。

「ようやく落ち着いて会いに行ったら、まさかあんなことになるとは」

「本当だね」

「……おじさんにも謝らなければ」

「きっと『今までよく頑張ったね』って言うだけだよ」

「いっそ責めてくれたほうが楽なんだが」

「そういう人じゃないから、柊くんをうちで育てることに反対しなかったし、人の借金を引き受けちゃうの」

「お前がお人好しで、こんな俺を見捨ててくれないところは、おじさん譲りか」

言われてみればそうなのかもしれないと、柊くんの言葉で父と自分を比べる。

さすがに他人の借金の保証人になるほどお人好しではないはずだけど、相手が友だちだったら少しは考えてしまいそうだ。

ひどい扱いをされる可能性があってもこの結婚を受け入れたのは、父と似たような考え方がベースにあったからだとすると笑えない。

「そんなにお人好しだとは思わないんだけどな……」

「俺にだけでいい。優しくしてくれ」

手のひらを重ねて握られ、頬にキスをされる。

「柊くんは私以外にも優しくしてね」

「そんな相手、俺には……」

「満さんがいるよ」

これを言うのは賭けだったけれど、今の柊くんなら少なくとも話は聞いてくれると思った。

「あなたが思ってるほどひどい人じゃない。むしろ、昔からずっと弟の幸せを願ってるいお兄さんだよ」

「…………」

「今すぐ仲良し兄弟になるのは無理でも、いつか普通に話せる兄弟にはなってほしいな」

「……満に言われたのか？」

「ううん、私がそうなってほしいと思ったの」

柊くんの狭い世界がもっと広がるように。そうすれば彼の依存に近い愛も多少緩和されるはずだ。

「満さんも千堂家の被害者だよ。周りの大人に恵まれてさえいれば、きっといい兄弟になれてたんじゃないかな」

「俺は……そうは思わない」

「今までのことがあるもんね。それはしょうがないよ」

「……考え直せとは言わないのか？」

「言えない。これは私の考えであって、柊くんのものじゃないから」

「俺はお前のそういうところが好きなのかもしれない」

その気持ちを伝えるためか、再び頬に口づけが落ちた。

「穂香は俺からなにも奪わない。生き方も、考え方も」

「文句は言うよ。私の常識にないことをされたら、ちょっと困るし」

「ちょっとか」

「……たくさん」

ふっと柊くんが笑ったのを見て、なぜかひどく泣きたくなった。

笑うところは何度も見たはずなのに、今初めて、彼の笑顔がこんなに優しいと知った気がする。

「満の件は、少し考える時間が欲しい」

「うん」

「お前の望む展開にはならないかもしれないが、それでもいいか？」

「もちろん。自分から歩み寄ろうって考えてくれただけでも充分だよ」

「そう言われると、多少気が楽になるな」

繋いでいた手をほどかれて背中へ回されると、そのまま柊くんの胸に向かって抱き寄せられた。

「まだ話したいなら付き合うが、明日もあるだろう？　今夜はもう寝ないか？」

「じゃあ、また明日話そうね」

おやすみの意味を込めて柊くんの唇をついばむと、出会った頃よりはいくぶん明るい光を浮かべた目が丸くなった。

「寝るつもりだったのに」

「え？」

ぎしりとベッドが軋む音とともに、柊くんが私の上へと覆いかぶさる。

「俺をその気にさせてどうするんだ」

「そんなつもりじゃなかったんだけど……」

「……したい」

短い間の後にはっきり要求されて顔が熱くなった。

自分の気持ちを口にできるようになったのは大きな進歩かもしれないけれど、もう少し別のときにその成長を見せてもらいたい。

「さっきはお前が勝手に寝るから物足りなかった。だからもっと――」

「そこまで」

直球すぎる柊くんの言葉を止めるため、形のいい唇を手で覆って声を塞ぐ。

「それ以上は恥ずかしいから。ね？」

「……恥ずかしがるところもかわいい」

「ちょっ」

手首を掴まれたかと思うと、彼の唇に触れていた手のひらを舐められる。

「な、なにして」

最後まで言い切る前に、今度は音を立ててキスされた。

手のひらへのキスだとしても充分な威力を持っているせいで、ぶわっと体温が一気に上がる。

柊くんはそんな私の反応をおもしろがっているらしく、声を殺して笑っていた。

「私もする……！」

「そうか、してくれ」

反撃に出てやろうとしたのに、意地悪なキスで唇を塞がれる。

性急に求めてくるかと思いきや、なかなか攻めてこない。

訝しんでいたものの、今自分がしたことをキスした状態で返してこいという意味だと悟って、また顔に熱が集まった。

「しないのか」

「……っ」

「だったら、また俺のほうからさせてもらう」

舌が唇を割り、私を掻き乱して思考力をさらっていく。

こんなキスだけでも彼の喜びと興奮が伝わるなんて、どうかしている。

もっと無感情に求められたら、私だってもう少し余裕を保っていられたかもしれないのに、これでは意識の糸を掴んでいるだけで精一杯だ。

さっきまではふたり分の声が響いていた寝室に、湿度の高い吐息が濡れた音と合わさって落ちる。

彼と向き合う方法に言葉以外の方法もあるのだと思い知った。


翌朝、目を覚ましてカーテンを開けると、これまでにないくらい清々しい日差しが寝室を包んだ。

大きく伸びをして、まだ眠っている柊くんを残し部屋を出ようとする。

「起きるのか?」

眠たげな声は、枕に顔を埋めた柊くんのものだ。

「朝ご飯の支度をしようと思って」

彼の食事を用意したいと言ってから、結局その機会はないままだった。

和解も果たしたのだから今度こそ、と寝間着の袖をまくる。

「俺は……」

目を擦りながら起き上がった柊くんは、あまり気乗りしないふうに見えた。

その理由は既に本人から聞いている。

「おいしいって言わなくてもいいよ」

「だが……」

「どうせ食べなきゃいけないなら、お腹を満たすための作業じゃなくて、ふたりでお喋りする楽しい時間にしない？」

柊くんは寝癖のついた髪を手で軽く梳いてから、ほんの少し不安そうな顔をした。

「嫌じゃないのか？　まともな味覚もない相手と食事なんて」

「大事なのは味じゃなくて、誰と食べるかだよ」

「……そうか。それなら付き合わないわけにはいかないな」

苦笑した柊くんの手を引いて、一緒に部屋を出る。

こんなふうにこれからの人生で、彼を『外』へ引っ張り出せる存在になりたいと思った。

●たくさんの悲しい愛のかたち

無事に仲直りを果たした私たちは、普通の夫婦らしく新婚生活を送るようになった。

まだ多少、強引に私との結婚を進めたことに対して負い目を感じているようではあったけれど、今では『なにもするな』と言わず好きにさせてくれている。

「仕事をしたいなら復帰してもかまわない」

ある日、遅くに帰宅した柊くんが食事中にぽつりと言った。

豆腐とわかめの味噌汁を飲もうと、椀を口に寄せていた手が止まる。

「どうしたの、急に?」

「無理に辞めさせてしまっただろう。あんな真似はすべきじゃなかった」

「なにかしら理由があるんだと思ってたけど、違ったの?」

「……俺の知らないところで過ごしてほしくなかっただけだ」

気まずそうに言ったのを聞いて、正直あきれた。

「そんな理由で?」

「俺にとっては大事だったんだ」

素っ気なく言うと、柊くんは辛みを強めた茄子のそぼろあんかけを口にした。

相変わらずあまり味を感じていないようだけど、彼は私の作った料理を絶対に残さない。

いつか味覚を取り戻し、私の料理をおいしいと言えるようになるのを目標に、柊くんは病院へ通うようになった。

うすうす察してはいたものの、彼の味覚が鈍いのは幼少期のストレスが原因だそうだ。

これまではどうでもいいと思っていたのもあり、ずっと放置していたという。

今のところまだ成果は出ていないけれど、その日まで彼のために料理を勉強するつもりだ。

「もしかして、監視も似たような理由？」

以前、私に監視をつけていたと言っていたのを思い出して尋ねると、露骨に目を逸らされた。

「柊くん」

「監視だが、監視じゃない」

「ちゃんと説明して」

「……トラブルに巻き込まれないように人をつけていただけだ」

ちゃんとと言ったのに、説明と呼ぶには内容が足りていない。

視線で促すと、柊くんはちらりと私を見てから息を吐いた。

「万が一、満の母親が妙な真似をしてきてもお前の身に危険が及ばないようにしていた。おじさんにもつけている」

「えっ、お父さんまで？」

「穂香と母の次に大切な人だ。当然だろう」

「気持ちはうれしいけど……やっぱりひと言欲しかったな」

「……悪い」

知らないところで起きていたことに対して抵抗がないといえば嘘になるものの、彼なりに私と父を守ろうとしていたのなら責められない。

やりすぎだと思う気持ちもある。だけど、そこまでしなければならないほど、何度も身の周りの人間が巻き込まれてきたのだろうと思うと、やっぱりなにも言えなかった。

「お父さんには私から話してもいい？」

「いや、今度改めてふたりで会いに行こう。いろいろと謝らなければならないしな」

「結婚の話とか」

「……二度と仁和家の敷居を跨ぐなと言われたら、間に入ってくれるか？」

心を許している相手からの拒絶を不安がる姿は、敵だと判断した相手に対して執拗に噛みつきたがる姿と一致しない。

いつか満さんに対してもこのくらい気持ちを寄せられればいいと思った。

「私も離婚しろって言われたくないから、そこはお父さんを説得するよ」

「離婚したくないのか」

「ん？　なにか変なことを言った？」

「いや。うれしい」

食事を終えた柊くんが丁寧に手を合わせて、ごちそうさまとつぶやく。

「そのうち、改めて結婚式をしようか」

「ちょっと意外。結婚式をしたがるタイプには見えなかったから」

「したいわけじゃないが、お前のウエディングドレス姿は見たい」

「招待するのは家族だけとか？　でも社長さんなら会社の人も呼ぶべきなのかな」

「どうして俺以外の人間に、お前の晴れ姿を見せてやらなければならないんだ。おかしいだろう」

真顔で言われて思わず吹き出すと、柊くんは彼らしくないきょとんとした顔になった。

「お父さんを呼ばなかったら、間違いなくうちを出禁になるね」

「おじさんは呼んでもいい」

「……柊くんの家族は？」

「俺の家族は穂香だけだ。……と言いたいところだが、文句がありそうだな」

「文句じゃないよ。本当にそれでいいのかなって思ってるだけ」

厳密に言えば、彼が自分の身内だと思っている相手には私以外に自分の母がいるだろう。

だけど彼にはほかにも家族がいる。嫌悪する相手だとしても。

「……そういえば」

言葉に迷っていた私の代わりに、柊くんが話を進める。

「前に満とどうのこうの言っていたな」

「……呼ぶ？」

「呼びたくはない。ただ、そのうち会って話をするくらいならいい」

あまり重くならないように気を使ったらしく、ずいぶんあっさりした言い方だった。

「いつまでも避けていられない相手なのはわかっていたから。これがきっかけになるなら、それでもいいと……思う程度にはいろいろ考えた」

なにをどう考えてその結論に達したか、詳細がなくてももう充分だった。

「よかった。ふたりだけで話すのがつらいなら、いつでも私が間に入るからね」

「そのときは頼む。代わりと言うのもなんだが、母に会わないか？」

「お母さん？　柊くんの？」

「ああ」

私の母の親友だったというその女性は、話に出てきただけでどんな人物なのか詳しく知らない。

「会ってみたい。どんな人？」

「よくわからないな。いつも泣いていた」

話を聞く限りか弱い人のように聞こえる。

でも彼の母親は、少なくともたったひとりで息子の立場を守ろうと戦った人だ。

もしかしたら柊くんの印象に強く残っている姿が、泣いている姿なのかもしれない。

「そうなの？」

「そういう記憶しかない。俺を抱き締めて、『ごめんね』と」

今でもやり取りがないわけではないだろうに、幼少期に見聞きしたもので止まっているようだ。

「だから後継者になろうと思ったんだ。もう母が泣かなくていいように」

「優しいね」

「……好きな人に会っただけでどうでもよくなる程度の目的だ。なにも優しくない」

本人は本気でそう思っているようだけれど、そもそも自分ではなく母親のために頑張ろうと思った時点で充分優しい。

「今も後継者になりたいの？」

「そうだな。母の安寧《あんねい》のためにそうすべきだろう。俺の復讐のためにも」

納得いく理由ではあるものの、なんとなく引っかかる。

俺の、とは言っているけれど、柊くんの復讐は自分のものではなく、理不尽に虐げられた母の代弁でしかないように思った。

「ミルグループを受け継いだ後にどうしたいかとか、そういうのは？」

「特にないが、それがどうかしたのか？」

「……ううん、聞いてみたかっただけ」

復讐が目的じゃないかと言っていた満さんは、ほとんど関わってこなかった割に弟をよく理解していたのだと改めて実感する。

周囲の事情に振り回され、遠ざけなければならなかったからこそ意識せざるをえなかったのだとしたら、それはそれで皮肉な話だけれど。

「ごちそうさま」

私も食事を済ませて軽く手を合わせる。

それに合わせて、柊くんは食器を手に立ち上がった。

「今夜も一緒に風呂に入ってくれるのか？」

普通に『一緒に入ろう』と言わない辺りが柊くんらしい。

「……ん、いいよ」

肌を重ねたからといって簡単に恥じらいが消えるわけではないが、私に触れられてうれしそうにする柊くんを見るのは好きだったから、その気持ちをちょっぴり我慢する。

キッチンの食洗器に食べ終えた食器を入れながら、さっきの話について考えた。

後継者にならなくてもいいんじゃないか――。

それを言っていいのか、やめておいたほうがいいのか、まだ掴みかねていた。

気がつくとすっかり冬の香りが風に馴染み、防寒具なしでは外に出られなくなった。

年末年始の過ごし方を意識するようになったある休日、私は柊くんと一緒に彼の実家へと向かっていた。

「……緊張してきた」

「大した場所じゃない。……今は」

車を運転する柊くんにはまったく緊張の色が見られない。

彼の母――とついでに父親と顔合わせの話が出たとき、まさかこんなに早くその機会が訪れるとは思わなかった。

ミルグループの会長でもある千堂灯《ともり》さんは、十八年前に大病を患って以来、身体に負担をかけないよう、無理のない生活を送っているという。

それがつい先日、風邪で寝込んだのを機に、早く後継者を決めて安心したいと柊くんに連絡があったそうだ。

「柊くんは、平気?」

彼にとって実家は楽しい場所ではないのを知っていたから、恐る恐る聞いてみる。

「心配してくれるのか？　ありがとう」

「ありがとう、じゃなくて。……無理してない？」

「別に。もう慣れた」

「…………」

「可能な限り近づきたくない場所だが、母さんに穂香を紹介できるのはうれしい。だから気にするな」

「……わかった。柊くんが平気ならいいよ」

和解を果たし、これまで口をつぐんでいた話もあれこれと聞かせてくれるようになったとはいえ、まだ千堂家についてはわからないことばかりだ。

義父はどこまで柊くんを認めていて、過去の出来事をどう思っているのだろう。

いくら息子の立場を確実なものにするためとはいえ、どうして義母は逃げようとせず、千堂家に留まり続けたのだろう。

「なにかうまいものでも出るといいな」

空気が重いのを感じたのか、柊くんがつぶやくように言う。

「お茶をいただきに行くわけじゃないと思うんだけど……」

「そのくらいの気持ちでいたほうが楽だろう？」

「……そうかもしれないね」

いつか彼が本心から『うまい』と思えるものを一緒に味わえる日が来たらいいな、

と思いながら、窓の外の景色を見つめた。

ひと言で言うと柊くんの実家は、大きかった。

私の平凡な想像力でイメージした『お金持ちの家』を遥かに凌駕する豪邸だ。

まず玄関に足を踏み入れる前に巨大な数寄屋門がある。

古きよき和の空気を感じさせてはいるけれど、両端に監視カメラが一台ずつついていた。

門をくぐると、玉砂利が敷き詰められた、タイムスリップでもしたのかと錯覚するような平屋の和風住宅に続いている。

門から玄関までの間は植栽されて、冬だというのに緑豊かだ。もう少し早く訪れていれば、紅葉が素晴らしかっただろう。

どこかの高級旅館だと言われたら納得できそうな雰囲気を醸し出していて、一般庶民でしかない自分は、この場にふさわしくないんじゃないかと不安になる。

柊くんのご両親に会うのだからと新調したラベンダーカラーのワンピースは、普段なら手を出せないブランドのものだ。

でもそれも、完全に空気に呑まれて負けてしまっていた。

「さすがに枯山水はないみたいだね」

より一層気が引き締まったのを誤魔化そうと、わざと明るく言ってみる。

「見たいなら裏にある」

「……あるんだ」

そんなものが一介の個人の家にあるものかと思っていたのに、千堂家は私の想像をしっかり超えていた。

「なんだか広くて迷子になりそう」

「使っていない部屋も多いから、半分くらい削ってもいいだろうな」

「それでもまだ充分広いよ」

話しながら、柊くんが玄関の引き戸を開いて私を中へ促した。

「お邪魔しま――」

入ろうとして、目の前に並ぶ異様な光景にぎょっとする。

そこには男女問わずざっと十人以上が並び、私たちに向かって頭を下げていた。

「お帰りなさいませ」

一斉に言われるも、こんな経験は生まれて初めてでどう対応すべきかわからない。

「しゅ、柊くん」

「昔の言い方をするなら使用人だ」

「そういうことを聞いてるんじゃなくて……」

戸惑う私にはかまわず、柊くんはさっさと靴を脱いで室内に上がった。

こんな気まずい場所に置き去りにされてはかなわないと、私も慌ててその後に続く。

迷いなく歩く柊くんの隣にいても、廊下は充分な広さがあって、鉢合わせる人々と道を譲ることにはならない。

誰もが柊くんに頭を下げているのを見て、少し怖くなってしまった。

「こんなところだなんて聞いてないよ……」

「今だけだ。今日のような用事がない限り、この家には来ない」

もうひとつ怖いと思ったのは、柊くんが頭を下げる人々を一瞥すらしないところだった。

それを当然だのように感じているらしいことに、うすら寒いものを感じる。

彼もかつて、そんなふうに『そこにいないもの』として扱われた経験があるのだということを思わせたから。

柊くんの事情がないにしてもあまり長居したい場所ではない。

人の実家への感想にはふさわしくないと申し訳なく感じながら、長い廊下を歩く。

やがて再び引き戸を抜け、外へ続く廊下に出た。

屋敷の裏手へひっそりと抜ける外廊下は静かで、玉砂利に囲まれた池へ下りられるようになっている。

一本だけそびえ立っている木は桜だろうか。時期が時期だけに花の影はないものの、その存在感は見事だった。

全体的に年季を感じさせる造りの屋敷の中で、このひそやかな庭だけは妙に真新しい。

思わず足を止めて見やると、先を歩いていた柊くんも立ち止まった。

「どうした？」

「きれいな庭だと思って」

「もともとはただの空き地だ。庭として整えられてからは、まだ五年くらいしか経っていない」

「あ、だからちょっと新しく見えるんだ。リフォームってやつ？」

「そうだな。母が本邸の奴らと顔を合わせなくても桜を見られるように作らせたものだ」

柊くんの指示で作られた場所だと思うと、先ほどとは違う気持ちになる。

「……きれいだね」

もう一度同じ感想を言うも、そこには彼の優しさや思いやりへの尊敬を込めた。

「気に入ったのなら、家にも同じものを作らせようか？」

「う、ううん、さすがにそれはいいかな」

柊くんなら本当に用意しかねないため、慌てて遠慮する。

「欲しくなったらいつでも言ってくれ」

「……そうする」

この庭を作り上げるのに、どれくらいかかるのかは考えないほうがよさそうだ。

再び柊くんとともに歩き出し、庭を横目に本邸から離れた離れの屋敷に到着する。

ここまで歩くだけでもへとへとだった。

距離で言えば大したことはないのだろうけれど、気疲れする要因が多すぎる。

柊くんは慣れた足取りで中に入ると、そのうちのひと部屋の引き戸に手をかけた。

「入るぞ」

そんな無遠慮な態度でいいのかと思ったときにはもう、中の光景が私の視界に入ってくる。

これまで見てきた屋敷の規模に比べると、ほっとするほど小ぢんまりした規模の和室だった。それでも十畳くらいはゆうにありそうだ。

部屋の中央には黒い艶を帯びた漆塗りのテーブルがあり、既にお茶と茶菓子の用意がある。湯呑みからは湯気が立っていた。

そしてそこに、ふたりの男女が並んで座っている。

どちらも年は五十歳後半か、六十歳に差し掛かったところだろうか。

白髪が目立つ男性は厳しい顔つきをしていて、目尻に深い皺がある。それでいて年齢を感じさせない鋭い眼差しをしていた。

一方、その隣に座った女性は見るからに温厚そうだ。

優しげな笑みに既視感を覚えて横を見ると、柊くんがその女性に向かって微笑んでいる。

「穂香、紹介しよう。母と……父だ」

短い間は、父と呼ぶのに抵抗があったからだろう。

「お初にお目にかかります。ご挨拶が遅くなってしまい申し訳ありません。千堂穂香と申します。旧姓は仁和と」

「初めまして、穂香さん。柊の母の透子《とうこ》と言います。お会いできて光栄です。お母様に……文香《ふみか》にそっくりね」

懐かしそうに返してくれたのは義母だった。

私を見て少し涙ぐんでいる。ありし日の母と私を重ねているようだ。

「……初めまして。千堂灯です」

義父の自己紹介は簡潔で、それ以上続ける様子がない。

それは柊くんも予想していたらしく、これといって気にした素振りを見せなかった。

座布団が敷かれた席に私を促し、ふたりで義父母の対面に腰を下ろす。

「母はずっと穂香に会いたがっていたんだ。紹介できてよかった」

「文香から小さい頃の写真はもらっていたのだけど、直接会ったことはなかったから。会えて本当にうれしいわ」

聞いているだけで心がほわほわする不思議な声のおかげか、ほんの少し緊張がほぐれる。

「私も今日はご挨拶だけじゃなく、昔の母の話ができればと期待していたんです。父は、なにをしでかすかわからない人だと笑っていましたが、昔からそうだったんですか？」

「ええ、そうね。突然、『川へ涼みに行こう！』って私を外へ引っ張り出すような子だったわ。まるで男の子みたいだって、みんなで言っていたくらい。いつも明るくて、まっすぐで、頼もしい最高の親友だった……」

彼女にとって、母は心から信用できる人だったというのがその語り口から伝わってくる。

だから義母は大切な息子を五年間も預けられたのだろう。そして母も、義母を親友だと思っていたから応えたのだ。

「文香のお葬式にも行きたかったのだけど……ごめんなさい」

「お気になさらないでください。母には伝わっているでしょうから」

義母の視線が遠くなる。

私の顔から、必死に親友の面影を探そうとしているふうに見えて切なくなった。

「穂香さんにもたくさんご迷惑をおかけしてしまったでしょう。本当にごめんなさい」

「いえ、私は……」

彼女が話しているのは柊くんが仁和家にいた五年間のことだろうか。

ここに義父がいるのを考えると、どう答えるのが正解かわからない。

私があれこれ言っていいんだろうかという疑問もあり、ちらっと柊くんを盗み見ると、彼は会話を私と実母に任せてお茶を飲んでいた。

私の視線に気づいた柊くんが状況を察し、言い淀んだ私の代わりになにか答えようと口を開きかけるも、その前に再び義母が話し始める。

「私がもっと早く柊のために動いていれば、あんなことにはならなかったのに」

「それは違う」

深みのあるはっきりした物言いから柊くんの言葉かと思ったけれど、彼は母の言葉を聞いて口を閉ざしている。

だったら今の否定は、と思ったところで、もう一度義父の灯さんが言った。

「君よりも家を選んだ私が悪い」

え、と声を出しそうになり、咄嗟に柊くんを見上げる。

その顔にはなんの表情もなく、話を聞いているのかさえ怪しく思えた。

「どういうことですか……？」

今の言い方だと、義父は無関心から柊くんたちを放置していたわけではないように聞こえる。

誰からも答えをもらえなさそうだと判断し、不躾だとは思いながらも質問すると、再び義母が話し始めた。

「灯さんは婿として千堂家に入ったの。……私と交際しているときに」

てっきり、満さんの母親が千堂家に嫁いだのだと思っていたから驚く。

ここで初めて知るような事実じゃないだろうと、隣にいる柊くんを軽く小突いた。

「……どうして教えてくれなかったの」

「言うタイミングがなかった」

小声でやり取りしてから、今度は抗議の意味を込めて彼の足を小突く。

たしかに言うタイミングはなかっただろうが、それ以上に彼は家族の話をしたくなくて黙っていたんだろうという気がした。

「恥ずかしながら、初めて聞きました」

正直に義母に言うと、「気にしないで」と微笑まれる。

「当時は今よりも政略結婚が当たり前だったわ。灯さんは夏野《なつの》さんと結婚するしかなかった」

「夏野さんというのは、満さんの……？」

「ええ」

柊くんはこの話をどこまで知っていたのだろうか——？

無言のまま目を伏せた表情からは、なにを考えているのか窺い知れない。

「夏野さんはむしろ、私を哀れんでこの関係を許してくれたのよ。私がここに住むことを認められているのも、それが理由」

「でも、私が聞いた話では、その」

「……柊が生まれたからだ」

義父が気まずい沈黙を破って言う。

「満以外にも後継ぎになる資格を持つ息子が生まれて、夏野は少しずつ透子を攻撃するようになった。それまでは姉妹のように仲良くしていたんだが……」

「だったら俺を作るべきじゃなかったな」

ずっと黙っていた柊くんがついに口を開くも、かつて満さんに向けたときと同じ攻撃的な物言いだった。

「柊くん」

「だってそうだろう？　この男の身勝手で、俺と母さんがどれだけ苦労したと思っている？　あの女を抑えられないなら、母さんを自由にすべきだったんだ。こんな場所に押し込んでいるくせに、被害者面をするのはやめろ」

「柊くん、だめ」

押し殺した声にはっきりと怒りが滲んでいるのを感じ、自身の膝をきつく掴む柊くんの手を握る。

「怒りたいのもわかるよ。でも……」

もし同じ選択を迫られたとき、柊くんがどうするのか私にはわかってしまった。

彼もきっと、私を大切に閉じ込めておくだろう。深い後悔と罪悪感に苛《さいな》まれながら、それでも手放せずに。

「今日はやめよう。せっかくの顔合わせなんだから、ね？」

「……まだ続くのか？　もう顔合わせは済んだはずだ」

今すぐ出て行きかねない柊くんの手を握ったまま、義父母に目を向ける。

ふたりともひどく悲しそうな顔をしているのがつらかった。

「……すまない、柊。お前の言う通りだ」

義父が頭を下げても、柊くんはそちらを見ようともしない。

「灯さんだけのせいじゃないの。私も同罪。彼と一緒にいたくてあなたを犠牲にしたようなものよ」

「犠牲にされたとは思わない。でも、俺は……」

柊くんは苛立たしげに首を振って、私の手をほどこうとした。

それを許せば二度と親子が向かい合う日が来ない気がして、必死に掴む。

「離せ、穂香」

この場で彼の心に触れられるのは、私だけだ。

言葉を選んで、柊くんをまっすぐ見つめる。

「行かないで」

「もういいだろう。どうせこの男とプライベートで会うのは今日が最後になる」

どうにか彼を繋ぎ留められないかと焦り、首を左右に振った。

「そんなこと言わないで。いつかあなたとの間に子どもができたとき、もうひとりのおじいちゃんに紹介できないのは悲しいよ」

柊くんの気持ちを優先するなら、一緒に帰ろうと席を立って家に帰るべきだ。

だけど私は、義父母の事情を聞いて、彼らが今も苦しんでいるのを知ってしまった。親の身勝手で柊くんを巻き込んだとはいえ、ふたりを責められるだろうか。

彼には言えそうにないけれど、満さんの母親——夏野さんだって被害者なんじゃないかと思っている。

夏野さんも最初は、政略結婚によって引き裂かれた恋人たちを哀れんでいたと言っていた。だから別邸に住むことを許したのだと。

夫が本当に愛している女性だと知っていても仲良くしていたのは、きっと演技じゃない。

もしそうなら、『関係は許すけれど見えないところでやって』とでも言えばいい話なのだから。

だけどふたりが愛し合っているからこそ、愛のない結婚をした自分の子どもがいつの日か追いやられ、正妻でなくとも愛された女性の子どもが認められるようなことになったら……と不安がよぎるようになったのではないだろうか。

本当に追い詰められていたのが夏野さんのほうだとしたら、彼女が母親として鬼になろうとするのも無理はない。

悲しいすれ違いがたくさん重なった結果が、千堂家の悲劇を生んでしまったのだ。

柊くんにしたことを許すつもりはないけれど、やりきれない。

「私は柊くんに、私以外の人のことも大切に思ってほしいよ。そうしたら、巡り巡ってみんなも柊くんを大切にしてくれるでしょ？」

彼が他人を拒むようになったのは、ずっと拒まれ続けてきたからだと確信を持って言える。だからもう、そんな悲しい連鎖は断ち切りたい。

「どうしてそんなふうに言えるんだ。俺が誰にどう扱われようと関係ないだろう」

「関係あるよ。好きな人には、幸せでいてほしい」

「……お前は卑怯だ」

ついに柊くんは諦めた表情で私の手を握り返した。

「後でいくらでも責めていいよ。自分勝手なことを言ってる自覚はあるから」

「俺が責められないのを知っているくせに」

「うん。ごめんね」

柊くんは大きな溜息をつくと、黙って様子を窺っていた両親を睨んだ。

「そういう関係だとは知らなかった。最初から、今のような状態だったのだと思っていたが、違ったんだな」

「ごめんなさい、柊」

「……すまなかった」

もう柊くんはふたりの謝罪を拒否しなかった。

その代わりに苦々しい口調で言う。

「今まで、何度も俺に話そうとしたんだろうな」

ふたりは答えない。その通りだと肯定すれば、言い訳じみているように思えたからかもしれない。

「俺が向き合おうとしなかったから言えなかった、そうだろう？　どうせ聞いたところで信じなかっただろうしな」

握っている柊くんの手が冷たくなっていることに気づき、ぬくもりを分け与えるように両手で包む。

しばらく誰もなにも言わず、息苦しい沈黙が続いた。

外から聞こえる冷たい風の寂しげな音が、暖房のおかげで温かいはずの室内を冷やしていく。飲むタイミングを失ったお茶にはもう湯気が立っていなかった。

やがて義父が深呼吸をして言った。

「ずっと聞きたかったことがある」

「……なんだ」

素っ気ない声は義父のものと似ていて、柊くんと彼の間にたしかに血の繋がりがあることを想起させる。

「お前はこのまま、ミルグループの後継ぎになりたいと思っているのか？」

ようやく会話が始まったのに、さっきまでよりももっと空気が重い。

柊くんはすぐに答えず、黙って唇を引き結んだ。

答えを拒んだのかと思ったけれど、私の手に絡んだ指が、彼の心の迷いや悩みを表すように忙しなく握ったり離したりを繰り返している。

「……わからない」

長考を経て、不安げな声が落ちた。

「ずっと、母さんには必要だと思っていた。俺がそうしないと、この家で苦しむばかりなんだろうと」

「柊、私は……」

「でも、違うんだろう？」

「……ええ」

「…………」

今の柊くんには、途方に暮れているという言葉がぴったりだった。自分の知らない真実を目の当たりにして、どうしていいかわからず迷子になっている。

きっと、本当はもっと早く知るはずだったものだ。

そして、もしかしたら一生知ることのないままでいたかもしれないものでもある。

柊くんにとってはつらい状況かもしれないが、彼が両親と、そして真実と向き合えたのはよかったことなのだろう。

私からなにか言えるはずもなく、黙って柊くんに寄り添っていると、再び義父が彼に話しかける。

「なりたいと答えたら、私のほうから推薦するつもりだった」

「身勝手で今度は会社まで犠牲にするつもりか？」

実父に噛みつく柊くんを、手を握ってなだめる。

そういうつもりはないときっと本人も理解しているはずなのに、一度深くまで根付いた敵意は簡単に消せないらしい。

「犠牲にはならないはずだ。お前は本当によくやっている。実際、私が手を出していた頃よりもミルホテルの業績は伸びているからな」

「…………」

「だがもし、後継者にならなくてもいいと少しでも思っているなら、満を支えてやってくれないか」

「どうして俺が――」

反射的に言いかけた言葉が途中で不自然に途切れた。

「穂香」

柊くんは私を見ずに名前を呼んだ。

「満と普通に話せる兄弟になってほしいと言っていたな」

「うん、言った。今もそう思ってる」

「なれると思うか？」

「なれるよ」

即答したからか、ふっと笑い声がした。

「後継者の件は答えられない。あいつと話してから考えよう」

それが彼なりの精一杯の譲歩なのは説明されなくてもよくわかったから、感謝と応援の気持ちを込めて、指先を握り返しておいた。

義両親を見ると、どちらも不安と期待を顔に浮かべている。

その不安が形にならないようにしてみせる、と心の中で誓った。

そうと決めたら柊くんの行動は早かった。

あるいは、今実行しないともうその機会が訪れないのを悟っていたのだろう。

満さんは突然弟から連絡が来て驚いたようだったけれど、すぐに予定を空けて時間を作ってくれた。

そうして千堂家を訪れた三日後、長年没交渉にあった兄弟はついにちゃんと顔を合わせることとなった。

「急に話をしたいなんて言うから驚いたよ」

以前、私とふたりで話したあのレストランを予約していた満さんが言う。

内心は緊張しているようで、最後に話したときよりもだいぶ早口だ。

「まず、言うべきことから言わせてもらう」

「……どうぞ」

ふたりの間の空気は張り詰めていて、息をするのもためらわれるほどだった。

本来ならば私は必要ないのだけれど、柊くんに乞われてこうして見守っている。

「穂香が俺のもとを逃げ出したとき、保護してくれたことにまだ礼を言っていなかった。……ありがとう」

柊くんが座ったまま深々と頭を下げるのを見て、満さんの顔に驚きと戸惑いが浮かぶ。

「あれはたまたまで……」

「偶然だろうと、俺は感謝しているんだ。……あの後、穂香と話し合えたのもきっとお前のおかげなんだろう」

「仲直りできた？　……いや、今のは聞かなかったことにしてほしい。ふたりで一緒に来たんだから、仲直りできたに決まってるね」

私を見る満さんの眼差しにはまだ戸惑いが残っているものの、深い感謝を感じられた。

「正直、夢を見てるんじゃないかと思ってるよ。柊が俺に自分から連絡して、しかもありがとうなんて……穂香さんのおかげですね」

「私はただ、柊くんに満さんと話してほしいと言っただけです。どうするか決めたのは柊くんですから」

ね、と柊くんの同意を求めるも、素っ気なく見られただけで終わる。

「いい機会だから、僕も言いたいことを言わせてもらおうかな」

「言いたいこと？　俺に？」

「うん。……あの日、突き飛ばしてごめん」

柊くんがはっとした様子で自分の肩に触れたのが見えた。

今は目立たなくなったといっても、そこには満さんがつけた傷がある。

「ずっと謝りたかったんだ」

「あんな昔のことを気にしていたのか……？」

「昔だろうと関係ないよ」

柊くんは知らないけれど、満さんはあの事件がきっかけで血が苦手になっている。

どれほどあの日のことを後悔し、謝罪するときを願っていたかを思うと、胸が痛い。

「……馬鹿だな」

短い深呼吸ののち、柊くんは乾いた声で笑った。

「本当に馬鹿だ。……俺も、お前も」

「……そうかもしれないね」

「もしまだ気にしているなら、もういい。……兄弟喧嘩に傷はつきものだろう」

満さんの唇がぎゅっと引き結ばれたのを見て、彼が泣きそうだと気づく。

「いつか僕に傷をつけてもかまわないよ」

「この年でそんな兄弟喧嘩なんてするか」

「私はちょっと見てみたい気がするよ。ふたりがどんなふうに喧嘩するのか」

しんみりした空気を変えようと口を挟むと、満さんが口もとに手をあててくすくす笑う。

「……ありがとう。穂香さんが柊と結婚してくれてよかった」

「ここだけの話、すごく強引だったんですよ。そのうち、満さんにもお話ししますね」

ふたりの間に入れるのは、きっと私だけだ。

だから場違いなくらい明るい話題を振る。

「おい、穂香」

「これからネタにしていこうかと思って。だめ？」

「当たり前だ」

余計なことをするなと言わんばかりに私の頬をつまんだ柊くんの顔は、憑き物が落ちたように晴れやかだった。

まだ複雑な感情が残っているとしても、満さんへの敵対心は間違いなく薄れている。

「ごめん、話が逸れたよね。僕に話があって来たんだろう？」

「ああ、そうだ。後継者問題についてはっきりさせたい」

「……そんなことじゃないかとは思ってたよ」

満さんが姿勢を正したのにつられて背筋を伸ばすと、隣で柊くんがくっと笑い声を漏らした。

真面目な話をする雰囲気だったのに、なんとなく気が抜ける。

「昔に比べればおとなしくなったとはいえ、母はまだ柊を毛嫌いしてる。もしお前がどうしても後継者になりたいなら、僕が母を黙らせよう」

「お前はどうするんだ。弟の俺にミルグループを譲ってもかまわないのか？」

「本音を言うなら、僕のほうがお前よりも後継者に向いてるよ。だけど、ずっと避けていた僕と、ちゃんと話をしようと思うくらい本気でなりたいなら、サポートに回る」

「……たったひとり黙らせたところで、俺を認めない人間のほうが多い。お前と俺とで派閥ができる可能性もある。そうすればミルグループは瓦解《がかい》しかねない」

もしもそんなことになったら、大混乱は間違いない。

柊くんが経営しているミルホテルはもちろん、満さんの製薬会社やグループ傘下にあるほかの企業は、どれも日本中で名が知られている会社ばかりだ。下手をすれば世界でも騒がれるニュースになる。

それくらい、彼らが継ごうとしているものは大きいのだ。

「僕が継げば解決するとも思わないけどね。ミルホテルの業績の伸びを見て、お前のほうがグループのトップにふさわしいと考える人もいるだろう」

「そんな人間がいるのか？」

「若手には意外といるよ。お前は知らないかもしれないけど、かなり評価されているんだからね」

柊くんが驚いた顔をする。

自分が評価されているのを知らず、推薦してくれるかもしれない人がいることにも思い至らなかったのだろう。

彼の狭い世界にその人たちの存在はなかったはずだ。

「ふたりとも後継者になれればよかったのにね」

なにげなく言うと、兄弟両方の視線が同時に注がれる。

深く考えずに発言していたから、ぎょっとしてしまった。

「ご、ごめんなさい。よくわかってないのに口を挟んで。それぞれのいいところを生かせる形でやれたらいいなって……」

「悪くないんじゃないか？」

満さんは柊くんに同意を求められて、満面の笑みでうなずいた。

「むしろ最善かもしれない。古株は僕たちの不仲を知っているし、これを機に変な気の使い方をしなくなるだろう。グループ内の空気がよくなるならそれが一番だ」

「……今までは悪かったのか」

「気づいてなかったの？　ミルホテルの関係者は、みんな僕を遠巻きにしてたのに。うちの社長の天敵だって顔で見られて気まずかったよ」

「知らなかった」

「これからはそうじゃなくなると思いたいね」

「でも、実際に可能なんですか？　ふたりで後継者になるなんて」

気になって尋ねた私に、再びふたり分の視線が集中する。

「共同経営者なら、これまでにもたくさん例がある。問題はやっぱりうちの母だろうね」

「邪魔をすると思うか？」

「滅多な真似はしないと思いたいけど、昔の件があるから信用はできないな。だけどもう、お前を傷つけさせるようなことはしない。絶対に」

「……できるのか、お前に」

「そこは頑張りたいところだね。兄として」

満さんが自分を兄と言った瞬間、柊くんが気まずそうな顔をしたのがわかった。

兄弟だと理解はしていても、心情が追いついていないらしい。とはいえ、この調子ならいずれ慣れるんじゃないだろうか。

「事前に通告すれば面倒が起きそうだ。可能なら、決定事項として通達したい」

「賛成。それなら父さんに場所を用意してもらうのはどうかな？　後継者を発表するパーティーを設けてもらうとか」

「パーティーなんて開くんですね」

さすがはミルグループだと感心していると、柊くんにあきれられる。

「お前も出るんだぞ」

「えっ、そうなの？」

「俺の妻として参加するんだ。当たり前だろう」

衝撃を受ける私の耳に、満さんの楽しそうな笑い声が届いた。

「柊、穂香さんには社長夫人としての振る舞いを教えてあげたほうがいいよ。これから苦労しそうだ」

一応、これまで立ち居振る舞いや作法といったものは勉強しているが、改めて言われると不安になる。

なにせ、勉強しただけで実践する機会は一度もなかったのだ。

「そんなにいろいろやることがあるんですか？」

「ええ、多いですよ。夫婦揃って取引先の交流会に誘われたり、会食に呼ばれたり。特に海外の顧客には気を付ける必要がありますね。あちらの方々は夫婦仲や家庭事情を見て、取引をするに値する相手かどうかを見極めると言いますから」

「じゃあ、私がうまくやれなかったら顧客を失うかもしれないんですね」

「そうなりますね」

今まで社長の妻になったという意識はなかったから、まさかの展開に頭を抱える。

「満、そのくらいにしておけ。穂香が余計な気を使う」

「甘やかしても困るのは穂香さんだよ。お前のほうが詳しいんだから、早い段階でちゃんと教えないとね。僕でいいなら僕が教えるんだけど」

「それは大変助かります。なにかあったときは、ぜひ力を貸してください」

安堵したのも束の間、柊くんが嫌な顔をする。

「どうして俺を頼らない？」

「今の流れで満さんにお願いするのはおかしくないと思うけど……。それにこういうことは満さんのほうが頼りになるかなって」

「なんだと？」

眉を吊り上げた柊くんがよほど物珍しくておもしろかったのか、ふはっと満さんが噴き出した。

「パーティーを開くなら、準備時間にマナーも含めて、ちゃんと勉強しておくんだね。柊も女性のエスコートなんて経験ないだろう？　間違っても穂香さんのドレスの裾を踏まないようにするんだよ」

「そうか、穂香はドレスを着るのか」

柊くんがわかりやすくうれしそうに言った。

さっきまで頼ってもらえないと不満げだったのに、今度は声を弾ませている。

「一度も見たことがないな。楽しみだ」

「新しいものを買いに行かなきゃ」

「俺が選ぶ」

「着るのは私なのに……?」

すっかり上機嫌になったらしい柊くんを見る満さんの眼差しは優しくて、ふたりの仲が改善してよかったと心の底から思った。

●あなたを支える私でありたい

満さんに会うと決めたときと同様、柊くんの行動は素早かった。

私が短期のマナー講習を受けている間に、灯さんとのすり合わせを終えてパーティーの開催を決めたところまではいい。

知らない間に、どこの王族かと思われる量の装飾品を買ってきたのはいただけなかった。

「全部気に入らないのか？」

テーブルに並べた装飾品の数を数えるのはもうやめた。

ここにある指輪を全部つけるのなら、両手だけでなく足の指も必要になるだろう。

ネックレスやブレスレットも、単体で見ればどれも素晴らしいデザインできれいだけれど、こんなにたくさんあるとありがたみが薄れる。

「うれしいけど、限度を考えてほしいかなって」

「全部似合うと思ったんだ。これなんて、穂香にぴったりだろう？」

お菓子の買いすぎを叱られた子どものように眉を下げた柊くんが、黄色い石がかわいらしく揺れるイヤリングを見せてくる。

「イエローダイヤモンドだ。ほかにも黄色い石はあったんだが、これが一番穂香らしい」

「ダ、ダイヤモンド？　だめだよ、そんな高価なもの。もし落としたらどうするの⁉」

「新しいものを買う」

「真顔で言える値段じゃないからね……！」

どうしてそんなとんでもない価格のイヤリングを平気な顔で持っているのか、理解に苦しむ。つけろと言われても、触ることさえできそうにない。

いっそ柊くんにまったくセンスがなくて、パーティーに絶対つけていけない代物なら断りやすかっただろう。

だけど悲しいかな、彼は非常にセンスのいい人で、どの装飾品も『ミルホテルの社長夫人』が身につけるにふさわしい品のあるものばかりだ。

「これもだめなのか？」

次に柊くんが見せてきたのは、華やかなゴールドのブレスレットだ。

細い二連のバングルが手首側で金の鎖と繋がっていて、それだけでも充分装飾品としての役目を果たしている。

でもそのバングル部分には、爪の先ほどの大きさをした石が等間隔でいくつもはまっていた。金色をぐっと明るく引き立てるその石はネオンブルーで、実に目を惹く。

「一応聞くけど、この石はダイヤじゃないよね？」

「違うな。パライバトルマリンという。世界三大希少石のひとつで……」

「やっぱり聞かないでおく」

そんなものすごい宝石ならダイヤモンドより高いんじゃないかと頭を抱えている間に、柊くんは私の手首にそのブレスレットをはめてしまう。

「思った通りだ」

満足げかつうれしそうに言われたら、もうなにも言えない。

しかも彼の言う通り、私の肌の色にぴったり合っている。

「じゃあ、当日つけるのはこれにする」

「指輪も選ぼう。石が大きいものと小さいものをどちらも用意してみたんだが」

そそくさと指輪のプレゼンを始める柊くんを見て、彼はこうやって私にプレゼントするタイミングをずっと窺ってきたのかもしれないと思った。

そうでなかったら、突然こんな量の装飾品を買い集めないだろう。

「柊くん」

「ん」

「ドレスは一緒に買いに行こうね」

一緒に、を強調して言っておく。そうでないと彼はまた、自分で私に着せたいものを選んできそうだ。

思えば満さんと和解を果たしたあのときも、自分が選ぶと張り切っていた。

「俺が買ったものから、好きなものを選ぶのはだめなのか？」

これは何着も買う気がある人間の発言だ。ここで止めておかなければ。

「毎日着るわけじゃないんだから、何着も買うのはもったいないよ」

「別に着てもいい。俺が楽しむ」

「私、着せ替え人形じゃないんだけど……」

本当なら柊くんは私なんかにかまけている余裕などない。

最大の障害となる満さんの実母――夏野さんとの戦いが控えているし、兄と共同で後を継ぐと発表した際に必ず出てくるであろう反対勢力を、どう黙らせるかも考える必要があるはずだ。

発表をすれば、これまでと仕事の内容も変わってくるだろう。これからはホテルだけでなく、ミルグループの中枢により深く関わっていくことになるのだから。

だけどパーティードレスのカタログをいそいそと持ち出した柊くんは、今後の問題を完全に脇に置いているように見える。

本当に大丈夫なのかと喉まで出かかったけれど、結局呑み込んでしまった。

私が知る中で、彼がこんなに生き生き楽しそうにしているのは初めてだったからだ。

知らないところで着々と準備は進んでいったようで、ついにパーティーの前夜を迎えた。

運命の一日となる明日を前に、緊張と不安でなかなか寝付けず、ベッドに潜ったまま柊くんに話しかける。

「今日まであっという間だったね」

「やっぱり水色のドレスがよかったんじゃないか?」

感慨深い気持ちを噛み締めていたのに、柊くんはまだ私のドレスの話をしている。

先日ふたりで決めたにもかかわらず、『全部買うべきだったのでは』と連日のように悩んでいた。

「ピンクのドレスも捨てがたかった。袖にレースがついたやつだ」

「パーティー中にお色直しするわけにはいかないから、何着あったところでまた今度だよ」

「たしかにな。結婚式の楽しみにしておくか」

そういえば結婚式の話をしていたと、ずいぶん前のことを思い出す。

この様子だと和装での式にはならなそうだ。

……と思ったけれど、今日までの柊くんのプレゼント癖を考えるなら、和洋どちらもしたがる可能性が高い。

そんなに慌ただしい結婚式になっては身がもたないだろうから、今のうちにどう止めるか考えておくべきだろう。

「ねえ、ずっと私の話ばっかりしてたけど、明日は大丈夫なの？」

あまりにも緊張感がないのを不安に思って尋ねると、柊くんは軽く身体を起こしてシーツに頬杖をついた。

「大丈夫だ。なにも心配しなくていい」

「でも、なにをどうするのかも知らないよ」

「マナーは覚えたんだろう？　だったら――」

「私じゃなくて、柊くんのこと。……無事に後継者問題は解決できそう？」

「ああ。満とぎりぎりまですり合わせたからな」

当たり前のように兄と打ち合わせていた事実を明かされ、少し胸の内が温かくなる。

「満さんといっぱい話した？」

「……なんでうれしそうなんだ」

「仲良くなれたかなって」

「今後の仕事に必要だから話し合っているだけだ。喋る回数が増えても、仲良くなったとは言わないだろう」

本当にそうだろうかと、以前に比べて表情豊かになった柊くんに対して疑問を抱いた。

彼は両親の真実を知り、満さんとの和解を果たして明るくなった気がする。まとう空気がやわらかくなったというほうが近いかもしれない。

少し前まで毛嫌いしていた兄と話してもとげとげしくならないなら、もうそれは仲良くなったと言ってもいいように思う。

「お前は俺が満とばかり話すようになってもいいのか？」

伸びてきた手が私のまぶたにかかった髪をかきわけ、目尻をなでる。

「別にいいよ。これからふたりで仕事をするなら、そういう時間も増えるよね」

「……少しは嫉妬しろ」

「満さんに？　しないよ、家族なんだから」

「お前の家族は俺だけだ」

後頭部に滑った手に力が入ったかと思うと、ぐっと柊くんのほうへ引き寄せられた。

唇が触れるぎりぎりの距離まで顔が近づき、勝手に鼓動が速くなる。

「明日、早いから……」

「日付が変わる前には寝る」

噛みつくように口づけられてすぐ、覆いかぶさってきた柊くんに手首を掴まれる。

シーツに縫い留められて宙を掻くと、彼の指が艶めかしく絡んできた。

「明日が終わってからのほうがゆっくりできるんじゃない……？」

「それはそれ、これはこれだ。明日が済んだら、改めてふたりきりの時間を作る」

既にスイッチが入っているのか、吐息が熱くなっている。

「やめるならおあずけだが、待てるのか？」

今、こんなに俺が欲しがっているのに――？

言外に込められた声が聞こえてくるようで、胸の高鳴りがさらに激しさを増した。

「……あんまり待ちたくない、かも」

「だろう？」

柊くんが目尻を下げて微笑し、私の唇をそっとついばむ。

明日のことを考えるなら早く寝たほうがいいのはわかっていたけれど、好きな人からこんなにも求められて拒めるほど、私は我慢強くなかった。


翌日、私は柊くんにエスコートされてパーティー会場へやってきた。

クリスマスまであと数日だからか、広い会場内には大きなツリーが置いてある。クリスタルガラスで作られたオーナメントのおかげで、少しも安っぽく見えない。

そのツリーを見上げた柊くんは、決戦の場にもかかわらず余裕の笑みを浮かべていた。

「昔、おばさんと一緒に飾り付けたのを覚えているか？」

「なんとなく……」

「星がたったひとつしかないからと言って、あのお守りを作ったことは？」

柊くんが大切にしまってある宝物のお守りが、そういう理由から作られたものだったのかと、他人事のように納得する。

「そんなきっかけだったっけ。作ったのは覚えてるけど、そこまでは覚えてないなあ」

柊くんが昔の話をしたくないと言ったのは、強引に結婚を迫った罪悪感や、私との接し方に迷っていたからなのだろう。

それでいて特別な思い出でもあったから、なにかと口にしていたのだ。

精神的にも安定し、楽しそうに過去を語れるようになった姿を見ると、ずいぶんこじれたあの日々を乗り越えて本当によかったと思う。

今日も嫌な思いをせずに過ごせればいいと、心の中で思ったそのときだった。

「——あれが愛人の？」

そんな声が聞こえて、言葉を発した主を探そうと周囲を見回す。

後継者を発表する場として用意されたパーティーの招待客は多く、ひっきりなしにざわめいていて特定するのが難しい。

「気にするな」

好奇と侮蔑が交ざった心ないひと言は柊くんの耳にも届いていたようで、ついきょろきょろしてしまった私にそっとささやいてくる。

「どうせこの後、なにも言えなくなる」

「……だからって気持ちのいいものじゃないよ」

ここには柊くんを目の仇《かたき》にする夏野さん派閥の人間が多いと聞いている。

その多くは千堂家の親戚で、後継者として発表されるのも満さんだと信じているらしい。

「柊くんもちゃんと怒っていいんだからね」

「お前が怒ってくれたら、それでいい」

不快感を抱くどころか、うれしそうにしている柊くんに少しあきれた。

彼は傷をつけられすぎたせいで、自分の痛みに疎い気がしてならない。

もしここで嫌な思いをするようなことがあれば、代わりに立ち向かおうと思った。

「あら、誰かと思えば」

気持ちを新たに前を向くのとほぼ同じタイミングで、こちらへやってくる女性に気づく。

品のある藤色の着物には見事な牡丹《ぼたん》の花が描かれている。発色のいい鮮やかな黄色の帯には鳥が二匹。季節を考えるならおしどりで間違いなさそうだ。

完璧に着こなしているその女性は、六十歳後半くらいに見える。厳しそうな鋭い目つきが、まるで睨んでいるようだった。

「最後にお会いしたのはいつだったかしら」

「ご無沙汰しております、奥様」

柊くんが目を逸らさずに軽く頭を下げる。

挑発的なその態度は、柊くんにとってこの女性が敵であることを示していた。

それが気に入らなかったようで、奥様と呼ばれた女性は眉根を寄せて目を細める。

「よくもまあ、この場に来られたこと。恥を知らないところは母親に似たのかしら?」

「お言葉ですが、父から招待を受けておりますので」

「灯さんが本当にあなたの父親かどうか、疑わしいものだけど」

わざわざ自己紹介をしてくれなくても、柊くんにこれだけ激しい敵意を向ける女性といえばひとりしか思いつかない。

このまま好き勝手喋らせるのは癪《しゃく》で、自分もここに招待された人間だとアピールするように一歩前へ出て微笑みかける。

「お初にお目にかかります。私は千堂穂香と申します。満さんには、大変お世話になりました」

思った通り、満さんの名前を出すと夏野さんはぴくりと反応を見せた。

「……満に世話になった? あなたが?」

「はい。困っていたところを助けていただきました。今日のパーティーを迎えるにあたって、素晴らしいマナー講師を紹介してくださったのも満さんです」

本当は柊くんに探してもらうはずだったけれど、私に他人を近づかせるのが嫌だったようで、あれこれと注文をつけていつまでも決まらなかったため、満さんに頭を下げたのである。

「どういうつもりかは知りませんけど、満に取り入ろうとしても無駄ですよ。あの子には私がふさわしい相手を用意すると決めていますから。……愛嬌を振りまくしか能のない女では困りますのでね」

痛烈な皮肉にイラッとするも、私がここで声を荒らげては今日この場を設けた意味がない。

「ご心配なく。私は生涯夫ひとりを愛すると決めております。満さんとはよい家族として、今後も末永くお付き合いしていく所存です」

「家族？　あなたには難しいでしょうね」

彼女は愛人の子である柊くんだけでなく、その妻の私も気に入らないらしい。

気を抜くと真顔になりそうで、頬が引きつるほど無理矢理に笑みを作る。

「あなた方がここへ招待されたのは千堂灯の情けなのだということを、忘れないように。会場の隅でおとなしくしていることを勧めるわ」

言うだけ言って夏野さんは私たちに背を向ける。

人混みに紛れたその背中を、見えなくなるまで目で追うのさえ耐えがたかった。

「……あれはイライラするね」

「顔に出ていたな。笑顔が不自然だった」

「本当？　我慢してたつもりだったんだけど」

意外にも柊くんは夏野さんの登場に心を乱されていないようだった。

和解前に満さんと顔を合わせたときの姿を見ているだけに、凪いだ表情が逆に不安を煽る。

「実家にいる間にお前がいてくれたらよかったな」

「え？」

「先に怒るから、俺が怒るタイミングがなくなる」

嘘には見えない笑みをふっと浮かべると、柊くんはきれいにセットされた私の髪を軽くなでた。

「ここで手当たり次第殴りかからずに済んでいるのはお前のおかげだ」

「そんな物騒なことをしてたかもしれないの？　それなら今日、一緒に来てよかったよ。後継者発表どころじゃなくなってたもんね」

穏やかな笑顔のおかげで気が抜けたらしく、冗談を返す程度の余裕は生まれる。

夏野さんの態度を思い出すと、胸の辺りがむかむかしたけれど、柊くんがいてくれるなら私も乗り越えられそうだ。

「ありがとう、穂香」

髪をなでていた手が滑って輪郭をなぞる。

顎を指で捉えられ、触れるだけのキスを落とされた。

「……こら、だめでしょ」

人前だろうとかまわず唇を重ねてきた柊くんの肩を軽く小突く。

「そんなかわいい顔で言われてもな」

リップを塗った唇を長い指でつつくと、柊くんは口もとに意味ありげな笑みを作って肩をすくめた。

「したくなったんだから仕方がない」

「……昨日だってあんなにしたのに」

「こういう場でする話か？」

妙な匂わせをされたせいで、一気に顔が熱くなる。

昨夜、唇以外にも散々口づけをされたうえ、とんでもない場所に痕までつけられたのを思い出した。

「キスの話だよ……！」

「俺もそうだが？」

引っかかった、と言わんばかりの得意げな顔を向けられ、ぐっと言葉に詰まった。

目の前にいる彼が、私に『どこにも行かないでくれ』と懇願した人と同一人物だとは思えない。心の余裕ができた柊くんは、ある意味私にとって天敵かもしれなかった。

夏野さんとの出会いですさんでいた心が、他愛ないやり取りで浄化されていくのを感じていると、不意にマイクを通した低い声が響いた。

「本日は急な呼びかけにもかかわらず、お集まりいただきありがとうございます。身内ばかりのパーティーではありますが、どうぞ最後までよろしくお願いいたします」

集まった招待客たちは、ミルグループの現会長として君臨する灯さんが話し始めるやいなや、水を打ったように静まり返った。

息を呑むのもためらわれるほどの緊張感が会場を包み込む。ここにいる全員が、満さんと柊くんのどちらが後継者に選ばれるのかを、早く知りたがっていた。

その場の視線が広い会場の奥に立つ灯さんに集中する。

「……大丈夫だよね」

義父のスピーチも耳に入ってこず、勝手に震え始めた手を握ってつぶやく。

「心配するな。……穂香がいたから、ここまでこられた」

そっと腰を抱き寄せられながらささやかれるも、安心できそうになかった。

「お前にだから言っておくが、まだ満と父を信用できていない」

「え……」

「お互いを支え合って共同で後継ぎになる、なんてどうかしている。直前で裏切られて、必要なのは満だけでお前は用済みだと言われる気がしてならない」

私の不安を一蹴するため大げさに言っている、というふうには見えない。

以前よりはずいぶん軽い口調で言っているし、本心を明かしても苦しそうな表情は浮かべていないけれど、これは紛れもなく柊くんの本音なのだろう。

「俺は今日思った通りの展開になったところで、一生あのふたりを信じられないまま生きていくはずだ。だから、穂香が代わりにふたりを信じていてくれ」

「……そうしたら柊くんも信じられる？」

「穂香のことだけは信じているからな。それに、お前にならば最悪裏切られてもいい」

「それだけは絶対にないから安心していいよ」

いつの間にか震えが止まっていた自分の手の代わりに、柊くんの手を握って力を込める。

それと同時に、まるで図ったかのように灯さんの声が大きくなった。

「――それでは、改めてふたりの息子を紹介します。ふたりとも、前へ」

周囲にいた人々が柊くんに向ける視線には、好奇心や哀れみ、あきれといったものばかりで、好意的なものはとても少ない。

それでも柊くんは、私の手を一度ぎゅっと握った後は顔を上げて一歩踏み出した。

自分から私の手をほどいて歩く姿を見送り、出会った頃に比べて変わった彼を想う。

もう柊くんは私がいなくても、自分の足で立って歩けるだろう。

他人を信じられない性格は変わらないにしても、ちゃんと向き合って話を聞く余裕を手に入れたはずだ。

ひとりで生きられるようになったからこそ、そんな柊くんを支える妻になりたい。

ふたりで狭い世界に閉じこもるのではなく、一緒に広い世界で生きていきたい。

頑張って、と心の中で遠ざかる背中にエールを送る。

聞こえたはずはないし、私だって柊くんの顔が見える位置じゃないのに、なぜか彼が笑ったような気がした。

「息子たちがそれぞれ、ミルグループでも特に重要な二社の経営を担っているのは周知の事実かと思います」

説明する灯さんの横に満さんと柊くんが並ぶ。

親子が三人並ぶと、人を惹き付ける空気やバランスのいい長身、そしてこれまで気づかなかったけれど、目の形がよく似ていることから血の繋がりを感じた。

最年少の柊くんの背が一番高いだけで、なんだかうれしい。夫には一番でいてほしいと思う欲が、私にもあるとは知らなかった。

「……さて」

兄弟の紹介を終えた灯さんがゆっくり深呼吸をする。

それに合わせ、ますます張り詰めた空気が会場に満ちた。

「今日はミルグループを継ぐ息子を紹介したく、このような場を設けました。私もまだしばらくは会長の座にいるつもりですが、寄る年波のせいか不安も増えてきましたのでね」

しんと静まり返った人々は、身じろぎひとつせずに灯さんの次の言葉を待っている。

ふと視界に夏野さんの姿が映った。

緊張するほかの面々と違い、どこか勝ち誇った表情をしているように見えるのは、満さんが後継者に選ばれると確信しているからか。満さんから彼女にどんな説明があったのか気になった。

「私は、ふたりのどちらかではなく、両方を後継者に指名します」

ついに後継者が明かされたというのに、しばらく物音ひとつしなかった。

戸惑う気配が濃厚に漂うも、それを直接灯さんに質問する者はいない。

だけどやがて、理解が追いついた夏野さんが三人のもとに詰め寄った。

その顔は蒼白で、怒りと憎しみに満ち満ちている。

「なにを……なにを馬鹿なことを！〝それ〟は愛人の子でしょう！正式な後継ぎとして認められるのは、正妻である私の息子だけです！」

マイクがなくとも会場全体に響き渡る怒りの声に、幾人かが『その通りだ』と賛同を示した。

どうなるのかと手に汗を握っていると、柊くんが灯さんからマイクを受け取ってなにか言おうとする。

でもその前に、満さんがそれを奪い取った。

「ミルホテルの業績を見れば、後継者としてこの場に立つのにふさわしい資質を備えているのがわかるはずです。柊は間違いなく僕よりも経営の才能がある」

決して声を荒らげているわけではないのに、夏野さんは気圧《けお》された様子で後ずさる。

驚いたことに柊くんもこの展開を予想していなかったようで、目を丸くしていた。

「満……あなた、自分がなにを言っているかわかって……」

「もちろん、僕のほうが優れている部分もあります。より多くの顧客を増やし、海外展開を進めるようなやり方は柊に向いていない。僕は広げるのが得意で、柊はひとつのものを徹底的に深掘りするのが得意なんです。だから共同で後継者になれないのかと、父に相談しました。それがミルグループを成長させられる最善の方法だと思ったから」

熱いものが込み上げるのを感じ、胸をぎゅっと手で押さえる。

蒼白な顔を真っ赤にした夏野さんに向けて、今度は柊くんが話しかけた。

「満は私にない視点を持っています。ひとりではできないことも、ふたりでならできるでしょう。私だけでは見られない世界を――兄と、ふたりで見てみたいと思います」

これまで柊くんに否定的だった人々も、これではなにも言えないだろう。

担ぎ上げていた満さん本人が、望んで弟とふたりで後継者になることを望んでいて、柊くんにもそれを拒むつもりがないのだから。

「なにを言おうと、あなたに後継者の資格はありません！」

そう言われ、満さんが夏野さんに返答する。

「後継者の資格とは？　血筋と仕事振り以外にあるとしたら、後継ぎ問題でしょうか。もしそうなら、柊にはもう素晴らしい女性がいます」

私のことだ、と一気に心臓が縮み上がる。

柊くんはここで私の話を出すつもりがなかったのか、苦々しい顔をしていた。

それでもこの流れで紹介しないわけにはいかなかったようで、私に向かって視線をよこす。

「穂香、前に出てきてくれるか」

そう言った柊くんの視線につられ、周囲の人々も私を見た。

集まった大勢の注目を浴びるのは慣れないし、目の前には怒り狂う夏野さんがいるし、人生で一、二を争う居心地の悪さだ。

誰とも目を合わせないように下を見ていたいけれど、ぐっと堪えて背筋を伸ばす。

柊くんを支える妻になるなら、こんなところで逃げるわけにはいかない。

深呼吸してから深々と頭を下げ、再び顔を上げた。

「ただいまご紹介いただきました、千堂穂香です。いつも主人がお世話になっております」

これまでに学んだ社交術には、はきはきと喋るだけでも充分効果があるとあったから、可能な限り明朗に話す。

この場に呼び出されたなら日頃の感謝や、これからの話をすべきかと頭をフル回転させていると、横から柊くんの手が伸びてきた。

「……大丈夫だ、ありがとう」

柊くんが私の腰にそっと腕を回しながら、耳もとでささやく。

その声を聞いて頭が冷えていくのがわかった。

自分でも気づかなかったが、変な方向にテンションが上がっていたようだ。

緊張はまだ抜けきらないものの、柊くんのおかげで少し落ち着く。

そこに絶妙なタイミングで満さんが言った。

「次の後継者の心配もないかと思いますが、まだなにか問題がありますか?」

それを聞いた夏野さんが顔をしかめた。

「よくも、そんなふざけたことを……」

「そのくらいにしなさい」

激高する夏野さんを灯さんが止める。

「これは親としてではなく、ミルグループの会長としての決定だ。ふたりともそれぞれ欠けているものがあるから、補い合えるようにこの判断を下したのがわからないのか」

「あなたも満も騙されているんだわ！」

止まれないところまできてしまった夏野さんが手を振り上げ、柊くんに向かって振り下ろそうとした。

「だめ……っ」

咄嗟に前に飛び出して両手を広げ、柊くんを守ろうとする。

だけどその前に背中で庇われ、叶わない。

「……あ」

夏野さんの手が、満さんに掴まれて止められている。

柊くんが私を守り、満さんが柊くんを守ったのだと一拍遅れて理解した。

「お母さん、もうやめよう」

「私は、あなたのために……」

「柊は僕の弟なんだよ」

私を庇う背中がぴくりと反応する。ここからでは柊くんの顔が見えなくてもどかしい。

「兄弟で仲良くしたっていいじゃないか。憎み合うより、手を取り合ったほうがみんな幸せになれる」

怒り狂っていた夏野さんの表情から、激しい感情が抜け落ちた。

深い皺に影が入り、一気に老け込んだように見える。

「私はただ……」

「守ってもらわなくても自分で戦えるよ。柊が気に入らなくなったら、自分で喧嘩しに行ける。だから、もうやめない？」

なにも言わずにうなだれた夏野さんに寄り添ったのは、彼女と政略結婚で結ばれた灯さんだった。

愛は透子さんにあげてしまったのかもしれないけれど、夏野さんへの情はたしかに存在している。

それを夏野さんも今知ったのか、自身の背中をそっとなでた灯さんを見て目を潤ませた。

「すみません、皆さん。お恥ずかしいところを見せてしまいました」

満さんは連れ立ってその場を後にした両親をよそに、招待客に向けて話しかける。

「今見たもののせいで、余計に僕たちが後継者になったことを不安に思うかもしれません。ですが、その不安は杞憂《きゆう》だと証明してみせます。――そうだろう、柊？」

「ああ」

柊くんの返事は短くて素っ気ない。

一応はミルホテルの社長として人前で話す機会もあるだろうに、こういう場を苦手に思っているのが感じられた。

「俺だけじゃない。……支えてくれる妻もいる」

「うん、任せて」

ぱち、とどこかから乾いた音がした。

控えめな拍手の音は、やがてひとつふたつと増えていって、最後に広間を埋め尽くす大音量へと変わる。

まだまだ問題は控えているかもしれないけれど、少なくともひとつ目の山は越えられたのだろうと、ほっと胸をなでおろした。

「疲れたねぇ……」

パーティーを終えて一生分の気力を使い果たし、ベッドに倒れ込む。

今日は家に帰らず、ホテルに宿泊することになっていた。

自宅だとドレス姿を堪能できないからという柊くんのわがままが理由だ。

「そうだな、さすがに疲れた」

すぐそばに腰を下ろした柊くんが言う。

ネクタイを外す気だるげな姿にどきりとして、つい見つめてしまった。

「ん？」

私の視線に気づいたらしく、不思議そうな顔をされる。

「顔になにかついているか？」

「ううん。ネクタイを外すところ、いいなって」

「いい？」

「つけるところより、外すところのほうが好きだな。柊くんはかっこいいだけじゃなくて、たまに色っぽいよね」

疲れもあって深く考えずに思ったことをそのまま口にすると、柊くんはそれきり手を止めたまま動かなくなった。

「どうしたの？」

身体を起こし、今度は私のほうから尋ねる。

「……いや、いきなりだなと」

「もしかして、褒められて照れてる？」

「ああ」

素直に認めたかと思うと、ちゃんとネクタイを外してから私の頭をなでてくる。

「私も柊くんのこと、なでてあげようか？」

「なんで急に」

「今日、頑張ったから」

隣に座って柊くんを見上げ、手を伸ばして猫っ毛の髪をなでてみる。

一緒に風呂に入ってほしいとねだられたときにもこうやって彼の髪に触るけれど、今は濡れていないせいかふわふわで、いつもと違う気分になった。

「夏野さん、あれで落ち着いてくれるといいね」

心から願って言う。憎み合ってほしくないのは兄弟だけでなく、家族全員だ。

「……満がどうにかするだろう。俺はもう関わりたくない」

「うん」

「ただ、今日はすっきりしたな。散々嫌な思いをさせられてきたから……」

そう言って、柊くんはふっと笑った。

「思えば、あの女とちゃんと向き合ったのも今日が初めてだ。昔から避けていたし」

「……もう嫌なことがないといいね。満さんも言ってたけど、みんなが幸せになれるのが一番だよ」

「俺はお前だけでいい。ほかの奴らが不幸だとしても関係ないからな」

「柊くんが幸せになれなかったら、私も幸せになれないよ」

髪をなでていた手を滑らせて、彼の輪郭をなぞってから頬を包み込む。

軽く力を入れて寄せると、くすぐったかったようで緩やかに目尻が下がった。そうするとずいぶん幼く見える。

「あ」

「なんだ」

「意外とかわいい顔してる。知らなかったな」

「……なにを言うかと思ったら」

頬を揉んで遊ぶ私の顔を、柊くんも大きな手で包み込んでくる。そして同じように揉みしだいた。

「お前のほうがかわいい」

端正な顔が近づいて、こつんと額が当たった。

文句を言わせまいとするかのように、すぐ唇を重ねられる。

「シャワー、浴びるか」

「……うん」

疲れたから早く寝るために、という意味ではないことくらい、私にだってわかった。

「明日も休みだもんね」

「朝が遅くてもいいと言っているのか？」

じわりと頰に熱が集まって体温が上がるのを感じ、照れ隠しに笑みを作る。

「どっちにしろ、柊くんは朝弱いでしょ。いつも私を抱き枕にしてるよね」

「抱き締めているとよく眠れるんだ。きっと幸せだからだろうな」

シャワーを浴びるかどうか聞いたくせに、柊くんは私をベッドに押し倒した。

優しいキスを落としてから、ジャケットを脱いでシャツのボタンに手をかける。

その仕草もネクタイをほどくときと同じく艶めかしくて、目を逸らせない。

「千堂家の人間と会った夜に、こんな気持ちでいられるのは穂香のおかげだ」

「……いい意味？」

「そうに決まっている」

手首に長い指が触れると、ブレスレットの鎖が揺れる微かな音がした。

柊くんは丁寧にブレスレットを外し、次にイヤリングを取ろうとする。

「……ん」

耳朶《じだ》に指がかすめただけで、甘く濡れた声がこぼれた。

恥ずかしくなって口もとを手で隠すと、イヤリングではなく耳の縁をなぞられる。

「っ……」

「耳、弱いのか？」

おもしろがる声が恨めしい。

だけどどうせここで嘘をついたって、彼が意地悪をすればすぐに真実を暴かれてしまう。

素直に言う以外に選択がないなんてひどいと思った。

「弱い、よ。……で、でも、いつもこうだと思わないでね。今だけだから……」

「どのくらい弱いのか調べてもいいか？」

「あっ……ちょ、ちょっと……」

声が一気に近くなり、さっきまで指が触れていた場所を吐息がかすめる。

ぞくりとしたものが背筋を伝って足先に流れていったのを知っているかのように、敏感な場所を唇で食《は》まれた。

「せめてイヤリングを外してから……」

「今、外すところだ。動かないでじっとしていてくれ」

「ん……」

指で取ってくれればいいのに、唇で外そうとするところがいやらしい。

近すぎる吐息と、ときどきかすめる熱い感触のせいで、どんどん全身が火照った。

「わ……わざと時間かけてる……っ」

明らかに舌でなでられたのを感じ、ぎゅっと目を閉じながら訴えると、あろうことか今度は耳朶に歯を立てられた。

「ふあっ」

「本当に弱いんだな。いい反応だ」

「……ん、ぅ」

それ以上の行為を許すまいとうつ伏せになってシーツに顔を埋めるも、後ろから覆いかぶさられて身動きを封じられるだけに終わる。

しっかりと押さえ込まれているせいで、執拗に耳ばかり責める柊くんから逃げられそうになく、イヤリングを外されたことにも気づかないまま必死に甘い刺激を耐えた。

「穂香」

興奮を示すかすれた声が、鼓膜だけでなく心まで震わせてくすぐる。

「そこで喋るの……だめ……」

「俺に弱点を教えていいのか？　どうなっても知らないぞ」

シーツを掴む手を上から包み込まれて握られると、お腹の辺りにもどかしい熱が渦巻いた。ずくんずくんと反応して、自然と呼吸が荒くなる。

「……ふぁ、ん……んん」

片手が空くのが嫌だったのか、柊くんの手がベッドと私の間に潜り込んだ。

せっかくのきれいなドレスも、いたずらな手で乱されてしまう。これでは皺だらけになるだろう。

だけどもう、止められそうになかった。

布越しの体温がもどかしくて、早く直接触れてほしくなる。

私がそんな状態だと知っているだろうに、彼はゆっくり身体をなでながら耳を唇で愛撫するばかりで、それ以上進もうとしない。

「柊くん……」

「いい加減、呼び捨てで呼んでくれてもいいんだぞ。それだと子どもっぽいだろう」

「だってこれ、慣れてるから……」

「妻らしい呼び方のほうがいい。今は幼馴染み感が強すぎる」

そんなことを言われても、妻でいる時間より、幼馴染みでいた五年間のほうが長いのだ。

いつかはあの五年間を遥かに超える日々をともに過ごすことになるだろうけれど、今はまだ呼び捨てで呼べそうにない。

彼が私を特別扱いするように、私にとっても柊くんは特別な人だから。

「幼馴染みっぽくないほうがいい……よね？」

顔の向きを変えて柊くんの表情を窺うと、欲をはらんだ瞳が私を捉えていた。

「そうだな、もう結婚したんだから」

「呼べるかな……？」

「呼べるまで、今日はおあずけにしようか」

身体の向きを変えられて柊くんと向かい合わせになった。

相変わらず私を逃がすつもりはないらしく、上からどけようとしない。

「おあずけ、やだな」

「俺も嫌だ。だから早く呼んでくれ」

「――ん」

唇を塞がれると同時に性急に舌を絡められて、名前を呼んでほしいのか呼ばせたくないのかわからなくなった。

こんなキスをされたらますますおあずけを我慢できなくなるのに、私がなにをされると弱いのか知り尽くしているとしか思えない。

「愛してる、でもいいぞ」

口づけの合間に吐息交じりの甘いささやきがこぼれ落ちた。

「……好き、じゃだめ？」

「だからいちいち子どもっぽいんだ。……それに、『好き』は昔も散々言われたからな」

たしかに幼い頃の私は初恋の柊くんに何度も好きを伝えた覚えがある。懐かしさと恥ずかしさで頭がいっぱいになった。

ふと、そういえばいつから柊くんを好きになったのかを思い出した。

きっかけまではさすがに記憶から消えてしまったけれど、なにかのときにおんぶしてくれてうれしかったからだ。

広く頼もしい背中におぶわれて、自分でも驚くほど胸が高鳴った。

くすぐったくてもどかしい、むずむずしたあの気持ちを、幼い私は恋だと思ったのだ。

「今、違うことを考えているだろう」

うっかり懐かしんでしまった私の心を見抜いたのか、不満そうに言われる。

「あ、えっと」

「余裕だな」

「……あっ」

おあずけだと言ったくせに求められ、咄嗟に背中に腕を回してしがみつく。

柊くんに抱く気持ちがくすぐったくて、もどかしくて、むずむずしているのはあのときと同じで変わっていない。

自分の名づけた感情は恋で正しかったのだと思いながら、今は愛に変わったそれを、大好きな人のぬくもりごと抱き締めた。

●ふたりで生きる外の世界へ

私たちの関係が無事に改善し、彼が抱えていた会社の問題もある程度落ち着いた。

年が明けてから父に連絡を取り、改めて柊くんと会ってもらうことになった。

「寒かっただろう。ほら、入りなさい」

しばらく顔を見ていなかった父は以前と変わらない笑顔で私たちを出迎えてくれた。

ドアを開けた瞬間、独特の懐かしい香りがする。実家の香りとでも言えばいいだろうか？

「久し振り、お父さん。これ、お土産だよ」

最初に家の中へ足を踏み入れたのは私だった。

靴を脱いで振り返ると、柊くんが閉じたドアの内側で深呼吸をしている。

「緊張してる？」

「……ああ」

その表情に大きな変化はないけれど、声が少しかすれていた。

これから彼は、どうして私と結婚するに至ったのか、自分の願いや思いを包み隠さず父に伝えるつもりでいる。

生まれ育ちもあって自分の胸の内を明かすのが苦手――どころか、苦痛さえ感じているのに、それでも父に会うと決めたのは柊くんだった。

「大丈夫だよ」

誰とも向き合わず、向き合えずにいた彼の手を握って声をかける。

柊くんは私を見てから、困ったように苦笑いした。

「そんなに大丈夫じゃなさそうに見えたか」

「ちょっとだけ」

「……平気だ。もう向き合うと決めたから」

柊くんがそう言ったとき、リビングに先に向かった父の呼び声がした。

「おーい、早く来ないとお茶が冷めるよ」

私たちの間にある緊張なんて知りもしない、呑気で明るいいつも通りの父の声。

柊くんと顔を見合わせて笑うと、今度こそ私たちはリビングへ向かった。

長年父と暮らした家は、私がいた頃となにも変わっていない。

しいて言うなら、冬が来たからこたつを出したくらいか。

「あー、あったかい」

かつて私の席だった窓側に面した場所に腰を下ろし、そそくさとこたつに手足を入れて暖を取る。

年末年始のお休みは、こうして父とこたつにこもりながらバラエティ番組を見たものだった。

私がこたつのテーブルに顎をのせてまったりしていると、左横に座っていた父があきれたように息を吐いた。

「まったく、嫁入りしたのにすっかりいつも通りじゃないか。柊くんの前なんだから、もう少しぴしっとしたらどうなんだ？」

「普段からこんな感じだよ。ね、柊くん」

「普段よりは今のほうが気を抜いている感じがするな」

柊くんは私の右隣に座った。父とは対面の位置になる。

「あ、お土産出すね」

ふたりで用意したお土産をテーブルに出し、父のほうへ滑らせる。

「なにを買ってきたんだい」

「羊羹《ようかん》と栗きんとんの詰め合わせ。お父さん、こういうの好きでしょ？」

「ああ、いいね。お茶にぴったりだ」

「あと、こっちはおつまみにどうぞ。柊くんが選んだの」

もうひとつ差し出した箱には、辛いと評判のひと口せんべいが入っている。家で試しに食べたとき、味覚が鈍い柊くんが『悪くない』と言ったものだ。

「おお、じゃあこの間もらった日本酒を出そうかな。柊くんは？　飲むかい？」

「いえ、おかまいなく。車で来ているので」

「そうかそうか、そりゃすまなかった」

そう言うくせに酒の準備をやめない父に、あきれた視線を送る。

「お父さん、昼間からお酒なんて早いよ」

「新年なんだからいいだろう。穂香は？」

「……ちょっとだけ」

たしかに新年ならいいかな、と思いながら答えると、柊くんがちらっと私を見た。

その視線にうなずきを返し、こたつから出て日本酒を取りに行こうとした父を引き留める。

「お酒の前に、先に話したいことがあるんだ」

父はこたつから出かかった状態で私と柊くんを見て、なにかを察したように再びこたつに戻った。

そして背筋を伸ばし、置いてあった湯呑みからお茶を飲んで口を開く。

「じゃあ酔う前に聞こうか」

こういうとき、我が父ながら空気を読むのがうまいなと思う。

話を切り出したのは、柊くんだった。

「穂香との結婚のこと、申し訳ありませんでした」

テーブルに手をついて頭を下げた柊くんに、父はしばらくなにも言わなかった。

唇を湿らせるようにお茶をすすると、ふっと厳しい表情で言う。

「謝らなければならないようなことをしたのか？」

「はい」

柊くんは頭を下げたまま肯定した。

「まっとうな方法で結婚を申し込むべきだったのに、あんな形で——」

「たしかにあれで結婚を決めるなんて反対だったよ。だが、穂香を幸せにしてくれるなら——柊くんならいいと思ったのも事実だ。たとえ、実家にどんな事情がある相手だとしても、柊くんなら穂香を必ず大切にするだろうと思ったからね」

父が柊くんに「顔を上げなさい」と声をかける。

柊くんはゆっくりと顔を上げて、あきれた表情の父と向き直った。

「穂香との結婚生活は、新年早々義父に謝らなければならないほど悪いものだったのかい」

父に問われた柊くんがなにか言いかける。

でもそれよりも先に私が答えた。そうでなければ彼はきっと、父の言葉にうなずいてしまうと思ったから。

「そんなことないよ」

私が答えたことで、柊くんが顔に驚きを浮かべる。

「すれ違うことはあったけど、この先ずっと一緒にいたいって思えるような結婚生活だった」

これは、本心だ。柊くんが閉ざした心を開くまでずいぶん時間がかかったし、それまでに傷つけられた自覚もあるけれど、今はそんな過去を笑い話にできるくらい充実している。

父は私を軽く見やってから、再び柊くんに視線を戻した。

「……と、穂香は言っているようだが」

「そう思ってくれているならうれしいことです。でも俺は、穂香を何度も傷つけてしまいました」

「柊くん」

本心を明かすのはいい。でも世の中には言わないほうがうまくいく場合がある。どこの世界に、義父に向かって『娘さんを傷つけた』と真面目に報告する夫がいるのか。

慌てて止めようとするも、逆に柊くんが私を止めようと首を左右に振った。

「今日はなにがあったか、どうしてこうなったのか、これからどうしていくのかを話す日にすると決めたはずだ。……おじさんに嘘はつきたくない」

「だからって……」

そうだ、この人は私の元勤め先にも気を配るくらい律儀な人なのだった。

さらに言うなら柊くんは私の父と、亡き母に恩義を感じている。

そんな人に嘘をつきたくないと思うのは当然といえば当然だった。

「……わかった。もう止めないよ」

「ああ」

正直に話せば離婚しろと言われる可能性だってあるのに、それでも彼は誠実であることを選んだ。

きっと柊くんは、仕事はともかく私生活において器用なタイプではないんだろうな、と思う。

父に話し始めた彼の横顔を見ながら、そんなところも好きなのかもしれないと、胸に浮かんだ想いを噛み締めた。


長い話を終えると、父は新しいお茶を淹れに行った。

その間ふたりきりになり、こたつの中に誘い込んだ柊くんの手を握る。

室内はこんなに暖かいのに、彼の指先は冷えていた。

「全部、話しちゃったね」

「ああ」

柊くんが私の指に自分の指を絡めて、暖を取ろうとする。あるいは甘えようとしているのかもしれない。

「話せてよかったという気持ちと、やっぱりここまで言う必要はなかったんじゃないかという気持ちでいっぱいだ。きっと、聞きたくないことまで聞かせてしまった」

そこに足音が近づく。

「どんな内容であれ、聞けてよかったよ」

古い急須を持った父が再びもとの席につき、私たちの前にある湯呑みにもお茶を注いだ。

「今になって知ることも多かったし……。知らないままでいるよりは、知ったうえで考えられるほうがいい。聞かせてくれてありがとう、柊くん」

「……いえ。もっと早く言わなければならなかったのに、遅くなりました」

「心の準備が必要だったんだろう？　だったらしょうがない」

父がお土産の箱を開けて中から羊羹を取り出す。

個包装されたひと口サイズのそれを私たちに渡すと、父は自分の分を食べ始めた。

「うん、うまいな。……ふたりも食べなさい。たくさん話して糖分が必要だろう」

「……じゃあいただこうかな。お父さんの分、減っちゃうけどいいの？」

「みんなで食べたほうがおいしいだろう」

食べる前に柊くんの様子を窺う。

かつてこの家で何度も食事をしたことを気にしてか、彼は自分の味覚について触れなかった。

「柊くんはどうする？　お腹いっぱいなら私がもらうよ」

なにを食べても砂を噛むようだと言っていたから、お菓子だって当然おいしさを感じられないはずだ。

父が事情を知らないとはいえ、無理に食べさせるのは酷だと助け船を出すも、柊くんはやんわり首を横に振った。

「いや。……みんなで食べたい」

あまり彼らしくない、子どもっぽい言い方に胸がぎゅっと締め付けられる。

この家を実家だと思って気を抜いているのは、もしかしたら私だけじゃないのかもしれない。

しばらく私たちは黙々と羊羹を食べ、お茶を飲んで小腹を満たした。

その間これといった会話もなく、かといって気まずいわけでもない奇妙な時間が過ぎる。

やがてそれぞれの手もとから羊羹がなくなったところで、柊くんが話し出した。

「結婚式をしようと、思っています」

そんな話をするつもりだったとは聞いていない、と私のほうが驚いた。

「招待してもいいですか」

そう尋ねた柊くんは、つい最近見たあの不安そうな目をしている。

父に拒まれたくないのだと気づいて、彼は他人に選択をゆだねるのも苦手なんだと悟った。おそらく、自分の存在を否定されて育ったせいだ。

父も不安そうな柊くんに気づいているのだろうか、温かな笑みを浮かべて答える。

「もちろんだよ。大事な娘と息子の晴れ舞台なんだから、ぜひ招待してほしい」

むすこ、と柊くんの唇が音を出さずに形を作る。

「たった五年でも、うちで一緒に暮らしただろう？　ご両親がちゃんといるのはわかっているが、柊くんのことも息子だと思っているからね」

先ほど、息子と繰り返した唇が微かにわなないた。

「結婚式をするなら、お母さんにも見せてやらないとな。穂香のウエディングドレスを見たらきっとびっくりするぞ」

「……お母さんにきれいって言ってもらえるようなドレスを選ばないといけないね」

私のほうこそ泣きたくなって、そんな気持ちを誤魔化すためにわざと明るく言う。

「ありがとう、お父さん」

「お礼を言うのはまだ早い。結婚式でお父さんへの手紙になにを書いてくれるのか、楽しみにしているよ」

私の母は、本当に素敵な人を夫に選んだのだとしみじみ実感した。

人が好《よ》すぎて複雑な事情のある男の子を五年も育てるし、借金を押し付けられて大変な目に遭うけれど、それでも父は最高の人間だ。

「手紙、柊くんも一緒に書く？」

息子と呼ばれて感極まっているらしい柊くんに話しかける。

柊くんはちょっと驚いた顔をしてから、少し笑った。

「結婚式で読み上げなくてもいいなら」

父への報告を済ませた後、私たちはその足でドレスの専門店に向かった。

パーティードレスから舞台で着るようなドレスまで、さまざまなものを扱うその店には、豊富な種類のウエディングドレスが揃っていると評判だったからだ。

大きなビルの自動ドアをくぐり、柊くんが受付の女性に話しかける。

「予約した千堂ですが」

「千堂様ですね。お待ちしておりました」

女性スタッフは手もとの端末を操作すると、私と柊くんを地下へと案内した。

五階建てのビルの中は、階層ごとに置いてあるものが違う。目的のウエディングドレスは地下にあった。

エレベーターを降りると、そこは巨大な衣装部屋のようになっていた。

壁際の棚には何十、いや、何百着ものドレスがかかっていて、豪華すぎるカーテンで覆われているのかと思ったほどだ。

部屋の半分は純白のドレスが、もう半分のエリアにはカラードレスがかかっている。スタッフの説明によると、最近は最初からカラードレスを着て式に出たいという客が増えているとのことだ。

中にはお色直し用の凝ったデザインのドレスもあり、ちりばめられたラインストーンやスパンコールの輝きで目がくらみそうだった。

「ご自由にご覧くださいませ」

スタッフに言われてすぐ、柊くんが私を見る。

「どれにする？」

「どれにするって言っても……選ぶだけで今日が終わっちゃいそうだね」

「決めきれなければまた時間を用意すればいい。この店だけで決めるのももったいないだろうしな」

柊くんはそう言ってくれたけれど、うなずかないでおく。

どうしてもというこだわりがない以上、どれだけ店を見たところでこれといったものは決まらない気がした。

いつまでも決まらないのが一番困るだろうし、とこの店で完結させるつもりで近くのドレスに歩み寄る。

その棚は王道のプリンセスラインのウエディングドレスが並んでいた。

親切なスタッフが見やすいように出してくれた何着かを見て、柊くんの意見を聞く。

「こういうのがいいな。どう思う?」

「全部試着したところを見たい」

真顔で、しかもほとんど即答で返されてぎょっとした。

「それは時間がなくなるから……」

「こんな機会でなければ見られないのに」

真面目な顔をしているけれど、ほんのり残念そうな声だった。たぶん、本気で思っているのだろう。

私だってきれいなドレスをたくさん着てみたい願望はないでもない。でも、これだけの数をすべて試着したら、時間がなくなるのはもちろん、体力がもたなくて途中でへばってしまいそうだ。

「ほかの形のものは気にならないのか?」

柊くんが隣の棚に目を向けて言う。

そこにはマーメイドラインのドレスが並んでいた。棚ごとに違う種類のドレスがあるようだ。

「あんまりイメージが湧かないかも……？　ウエディングドレスって言ったら、こういう感じかなっていうのが強くて」

「それぞれの種類から一着ずつ決めて試着するのは？　意外な発見があるかもしれない」

「一着ずつくらいなら……？　でもその間、暇じゃない？」

「いや？」

少なくとも私が試着室にこもっている間は絶対手持ち無沙汰になるだろうに、柊くんはまったく気にしていないようだ。

ほかのドレスに興味があったこともあり、ここは素直に甘えておく。

「じゃあ試着してみる」

「着てほしいドレスを選んでくる」

「えっ」

さっさと違う棚に向かった柊くんを、ぽかんと見つめる。

たしかにプリンセスライン以外のドレスはお試しだし、イメージを確かめるためのものだから柊くんが選んでもかまわないけれど、そんなに乗り気だったとは。

そういえばと、後継者を発表するパーティーのときもアクセサリーからなにからなにまで選び違っていたのを思い出した。

真剣に選び始めた柊くんに苦笑していると、横で控えていたスタッフが微笑みかけてくる。

「素敵な旦那様ですね」

「……ありがとうございます」

ちょっと愛情表現には難があるかもしれません、とは言えなくて、当たり障りないお礼を返しておいた。

結論から言うと、ドレスはそこで決まらなかった。

お互いの希望が一致したのはエンパイアラインのドレスだったから、形は一応決まっている。だけど同じエンパイアドレスといっても豊富な種類があったため、選びきれなかったのだ。

しかもここにきて柊くんが、既製品ではなくオーダーメイドを考え始めたため、一度持ち帰って改めて考えることにしたのである。

「オーダーメイドにしたら、結婚式までの時間が長くなりそう」

「早くしたいとは思うが、別にいつになってもいい。もう結婚自体はしているし」

いいのかなあと思う私とは違い、柊くんの中では考えが固まっているように見える。

話し合いに応じないタイプではないものの、彼は自分の考えを通すためにいろいろと材料を用意して説得してくるタイプだ。

仕事でもそうなら、満さんの言った通りグループ企業のトップにはワンマンすぎて向いていないのかもしれない。

「それよりも今はこっちに集中しろ」

そう言われて視線を下に向ける。

ガラスケースの中に入った指輪は、すべてペアになっていた。

そう、結婚指輪である。

「指輪ならもうあるのに、本当に買うの？」

「買う」

今、私たちの薬指を飾っている指輪だって、有名なブランドのものだ。

充分すぎる素敵な指輪なのに、柊くんは〝ちゃんとした〟関係になったからこそ、改めて用意したいらしかった。

気持ちはうれしいけれど、先日のパーティーでもあれこれと買ってもらったのにいいのかな、という気持ちをどうしても拭いきれない。

悩みつつも結婚指輪を見ていると、不意に柊くんが苦笑した。

「その指輪を選ぶとき、あまりいいことを考えていなかったんだ」

「……たとえば、どんな？」

柊くんは少し黙った後、自分の左手にも光る指輪に目を向けた。

「お前を縛り付けるためのものになるんだな、と」

「…………」

罪悪感が滲んだ声は、彼の葛藤と暗い喜びを伝えてくる。

「……うれしかった」

「だから今は違う気持ちで同じ指輪をつけたい。穂香には幸せになってもらいたいから」

私も自分の指輪を見てから、軽く首を左右に振って答えた。

「そういうことなら私に選ばせて」

「なぜ？」

「一緒に幸せになりたいから」

彼が自分の幸せを望んでいないように感じて、そう伝える。

「俺はお前がいればそれだけでいい」

「私はそれだけじゃ嫌だな。もっといろいろ望んでいいんだよ」

彼の心の傷は深いし、今も完璧に癒やせたとは思っていない。

それでもこのままでいてほしくないし、私も自分にできることをするつもりでいる。

「私が選ぶから、どこにもしまわないで、いつでも自分の目の届くところにつけておいてね」

柊くんはなにか言おうとして口を開くも、結局なにも言わずにうなずいた。

放っておけば例の金庫にしまいかねないと思っていたけれど、この様子だと私の考えは正しかったようだ。

自分のものではなく、柊くんのために選ぶなら、あれこれと買ってもらって申し訳ない気持ちも少しは薄れる。

それになにより、今まで与えられてくるほうが多かったから、自分から彼のためにできることがあるのがうれしかった。

さっきよりも明らかに熱を持って指輪を確認し、スタッフに言っては直接見せてもらう。

選んでいた指輪のひとつに、気になるものがあった。

「柊くん、見て。指輪の内側に宝石を入れられるんだって」

「外から見えないのにか」

「うん」

そう話していると、気を利かせたスタッフがパンフレットを持ってきてくれる。

「このモデルの指輪には、ふたりだけの約束を刻む、という意味がございます。誰にも見えない内側に宝石をはめこむことで、『ふたりだけの約束』を表現しており……」

なるほど、と心の中で返事をする。

私と柊くんしか知らない、ふたりだけの約束。

以前に比べればマシになったとはいえ、どうしても閉じた世界に生きたがる彼が好みそうな表現だ。

「石言葉というものはご存じでしょうか？　たとえばこちらのアメジストは『愛』の守護石と呼ばれており……」

十種類ほどの中から選べる宝石の意味を、スタッフは丁寧に説明してくれた。

ひと通り聞き終えて横を見ると、柊くんが難しい顔をしている。

「もしかして、どの石にしようかってもう考えてた？」

柊くんは軽くうなずくと、パンフレットに記載された宝石の写真を見て、眉間の皺を深めた。

「いっそ選べる石をすべて指輪にはめこめれば……」

なにやら、いろんな意味で物騒なひと言が聞こえた気がするけれど、触れないでおいたほうがよさそうだった。


月日が経つのはあっという間で、結婚式の準備は着々と終わりに向かった。

本来ならば一年近くかけて準備をする式を、半年程度で行うことになったのは、柊くんの希望によるものが大きい。

いつになってもいいとは言っていたけれど、早ければ早いほどいいとも思っていたようだ。

こうして春が過ぎ、セミの鳴き声が耳に馴染むようになった夏の頃、私たちはついに結婚式の日を迎えた。

朝早くから式場に足を運び、数時間経ってからようやく支度を終えて短い休憩を与えられる。もう髪もメイクも、ドレスだってばっちりだった。

スタッフがいなくなった控え室で待っていると、そこにノックの音が響く。

「どうぞ」

声をかけると、入ってきたのはグレーのタキシードに身を包んだ柊くんだった。

「もう写真の時間？」

「いや、まだだ」

この後、私たちは招待客が集まる前に写真撮影を行う。

てっきりそのために呼びに来たのかと思ったら、どうやら違うらしい。

立ち上がりかけたのをやめ、柊くんに空いていた椅子を差し出した。

「やっぱりグレーにしてよかったね。すごく似合ってる」

「……先に言うのか」

「え？」

「褒めに来たのに」

短い文句と一緒に、柊くんの視線が私の頭の上から爪先まで移動する。

彼はあきれたように苦笑してから、私の顔に視線を戻した。

「きれいだ」

ふたりで決めたエンパイアラインのドレスは、柊くんの伝手でオーダーメイドになった。

全体的に淡い印象を持たせるのは、たぶんレースがふんだんに使われているからだ。

しっかりと胸もとを覆う部分は、花の刺繍が入ったレース。背中は編み上げになっていて、着せられるときにほんの少しお姫様気分を味わえた。

こういうドレスにしようと決めた当時は、肩や腕をむき出しにするなんて寒そうだと思っていたのに、夏になった今はこれ以上のドレスが思いつかない。

クラシカルなデザインに合わせ、髪型も派手さを抑えたシンプルなものに仕上げてもらっている。

うなじの少し上でまとめた髪は、私からじゃよく見えないけれどきれいに編み込まれており、白い花の髪飾りがあしらわれていた。

背中に流した髪は緩いウェーブがかかっていて、動くたびに肩甲骨の辺りがくすぐったい。

「化粧は？　しているのか？」

「もちろん。いつもよりかなりしっかり目にしてもらってるよ」

とは言ったものの、ドレスの落ち着いた雰囲気を考慮してはいる。

不思議そうに顔を覗き込まれてぎょっとすると、柊くんはすぐに離れて首を傾げた。

「言われてみれば、目もとが光っているな」

なんの話かと思いきや、ラメのことを言っているらしい。

「いいでしょ。肩もラメ入りのパウダーをつけてもらったんだよ」

「へえ」

メイクされているときは、一生に一度の経験に興奮していたけれど、柊くんはそこまで興味を持っていないようだ。

男性からすると化粧なんてそんなものかもしれない、と納得する。

「きれいだな」

さっきも言った言葉を繰り返され、柊くんに目を向けた。

「いろいろ言うつもりだったし、言えると思っていたが、ほかに思いつかない。……きれいだ」

三度目の褒め言葉も、やっぱりこれまでと同じものだった。

「私にはそれで充分だよ」

ほかの言葉が出てこないくらい、きれいだと思ってくれているのがうれしい。

着替えている最中、本当に自分に似合うんだろうかと不安になっていたのはたしかだから、誰よりもきれいだと思ってもらいたかった本人に認めてもらえて胸の奥が温かくなった。

「写真に残しておきたいが、残したくないな」

「なにそれ、どっち?」

くすくす笑いながら言うと、柊くんは困った顔をして笑い返してきた。

「人に見せたくない」

「でもう、お客さんを呼んじゃったよ」

「やっぱりふたりだけにすればよかったか」

招待客がいると言っても、その人数は最低限だ。

柊くんのご両親、そして私の父。それと満さんだけ。

本来ならばお世話になった人や、それぞれの友人、会社の関係者を呼ぶところだけど、そういった大規模なものはさすがに準備に時間がかかりすぎると、別の機会になった。

今日の式は完全にプライベートなもので、後日披露宴と称して行うほうは付き合いを考えてのイベントといった意味合いが強い。

「そうだ、聞こうと思って忘れてた。お父さんへの手紙って本当に書いたの?」

「……式では読まないぞ」

つまり、書きはしたのだ。

「どんな内容?」

「人に宛てた手紙の内容を聞こうとするな」

「じゃあ、お父さんしか読めないってこと？」

「当たり前だ。お前に報告するようなことじゃない」

柊くんの言っていることは正しいが、気になるものは気になる。

だけど、もう少しだけ粘ろうとしたところで、写真撮影の準備ができたと呼び出されてしまった。

写真撮影の最中、せっかちな父が式場にやってきた。

おかげでカメラマンから指定される、ちょっと格好つけた姿を見られてしまった。

撮影が終わると、今度は式本番だ。

いつの間にか到着していた柊くんのご両親と満さんが教会で待つ中、私と柊くんは閉ざされた扉の前に立つ。

「先に行って待っている」

新郎としてそう言うと、柊くんは私よりも先に教会へ足を踏み入れた。

ドアの向こうに消える背中は、幼い頃に見たよりもずっと大きいように思う。

彼はもう、私の知っている幼馴染みではないんだろう。

あれから成長した柊くんは、立派な大人になった。

だから彼は、結婚式場にミルホテルと提携している場所を選べたのだ。

苦い顔をしながらも、憎んでいたはずの実家に関係する式場を選んだのは、ここ以上にいい場所を知らないという理由からだった。

そう言えるのは、彼がミルホテルを引き継いでからきちんと実績を残し、よりよいものにしてきたからだと思う。

律儀な人だ、と改めてしみじみ実感した。

実家のすべてを憎んでいても、彼は千堂家の象徴でもあるミルホテルを無下にしなかったのだから。

柊くんが今まで歩んできたであろう人生を思い返してしんみりしていると、スタッフにそっと声をかけられる。

「ご準備はよろしいですか？」

次は私が教会に入る番だ。

ゆっくりとうなずいて深呼吸し、開いていくドアをまっすぐ見据える。

オルガンの音が流れる中、緊張しながら一歩踏み出した。

教会に入ってすぐ、真横で待機しているのは父だ。

声を詰まらせて言った父の手には、優しい笑みを浮かべた母の遺影がある。

「お父さんのおかげだよ。ここまで育ててくれてありがとう」

それを言うのはまだ早いんじゃないかと気づいたのは、言ってからのことだった。

父は顔をくしゃくしゃにして笑うと、私の顔にレースのベールをかける。

母の代わりにすべきことをした後、父は私の横に立った。

その腕に自分の腕を絡め、祭壇の前で待つ柊くんに向かって歩き始める。

私はこれから、お人好しで寂しがり屋な父のもとを本格的に離れることになる。

おはようの挨拶も言えなくなるし、一緒にバラエティ番組を見ながら夕飯を食べることもなくなるのだ。

当たり前だった日常はもう帰ってこないのだと改めて思うと、目の前が滲んでよく見えなくなる。

柊くんといる間、そんな生活を過ごしてきたはずなのに。

昔に比べて小さくなった父の隣に並んでいると、いろんな思いが込み上げてくる。

今までありがとう、お父さん——。

そう心の中で告げると同時に、私たちの足は柊くんの前で止まっていた。

「きれいだね」

父の手が私から離れ、柊くんが代わりを引き継ぐ。

私と一緒に人生を歩む相手は、もう父じゃない。

名残惜しいけれど、柊くんとの人生を選んだのは私自身だ。たとえ始まりがどんな形だったとしても。

柊くんに手を引かれて牧師の前に移動し、ベールを外される。

私を見下ろした柊くんが困ったように眉を下げて笑った。

「……泣くのが早いな」

小声で言ったのが聞こえたけれど、胸がいっぱいになってしまってもう止められない。

せっかくきれいにしてもらった顔をぐちゃぐちゃにしないよう集中しすぎて、牧師の話なんて全然耳に入ってこなかった。

式を終えて併設されたガーデンへ向かうと、一斉にフラワーシャワーを浴びせられた。

「本当に……本当に素敵で、なんて言ったらいいか……」

義母の透子さんがハンカチで涙を拭いながら、何度も私を褒めてくれる。

その隣ではむっつりとした表情ではあるものの、どこか感慨深い様子の義父、灯さんの姿があった。

柊くんは自分の父に対して特に言葉をかけず、灯さんもまた、なにか言う気配がない。

このふたりの間にある亀裂は深いが、結婚式に招待しただけ進歩したほうだろう。

それに、柊くんは灯さんにかまけている暇がなかった。

「招待して、くれて……あり、がとう……っ」

さっきから、見ているこっちが心配になるくらい泣いているのは満さんだ。

柊くんは、兄に泣かれるばかりかしがみつかれて、完全に思考停止している。

その様子を見る限り、やっぱり彼は誰かに想われていることに対してとても疎いんじゃないかと思った。

「穂香」

困り果てた柊くんから助けを求められるも、聞こえないふりをして放っておく。

せっかくの兄弟の時間を邪魔するのはもったいない。

柊くんだって、仕事以外でも満さんとちゃんと話せるようになるべきだ。これから不仲を解消し、手を取り合いたいと思っているのなら。

そうすれば、いまだに柊くんに対していい顔をしない古参の役員や社員も、満さんに反発したがる若手の社員も、もう少し歩み寄ってくれるんじゃないだろうか。

子どものように泣きじゃくる満さんが、柊くんになだめられているのを横目で見ていると、つい口もとが緩んでしまう。

ふたりがグループを引き継いでいくと決まって半年近く経っても、完璧に体制が安定したとは言えないし、結果が数字に表れるまで時間はかかるだろう。

それでも兄弟の距離は確実に近づいている。これからもっとお互いの考えを共有するようになれば、千堂家の未来は明るいはずだ。

柊くんだけでなく、千堂グループそのものも支えていけるよう、私も頑張らねば。

決意を新たにしていると、父がちょいちょいと手招きしてくる。

「穂香、みんなで写真を撮ろう」

「あ、そうだね」

母の遺影を持った父のそばに歩み寄ると、控えていたカメラマンがやってきた。

「満、写真を撮るそうだ」

「映って、いいの？」

「その顔をなんとかできるならいい」

あきれてはいるようだけれど、柊くんが嫌がっている様子はない。

「お義母さんとお義父さんもどうぞ」

ふたりを誘って並び、カメラマンの指示に従って位置を調整する。

「はい、では撮りますよー！」

にっこり笑みを作ってシャッターが切られるのを待つ。

すると、隣にいた柊くんが私の腰にさりげなく腕を回した。

「柊くん」

「俺の、穂香だからな」

やけに強調して言ったかと思うと、そのまま引き寄せられる。

どきりとしたのも束の間、再び笑顔を作る前にフラッシュが焚かれた。

「柊くんのせいで変な顔になっちゃったよ」

「どんな顔でもかわいい」

「そ、そういう問題じゃないからね」

今度は多少引きつっていてもうまく笑顔を作る。

だけど、後日写真が出来上がっても確認できそうにない。

きっと私だけが顔を赤らめているだろうから――。

●番外編：願い星は布でできている

柊くんと結婚して迎えた三度目の夏。

ようやく身辺が落ち着いたため、新婚旅行にやってきた。

真夏の沖縄《おきなわ》は日差しが強く、少し外を歩くだけでもこんがり日焼けしてしまう。

ここへ来て三日、私の肌もくっきり色がついていた。

それでも外へ出るのをやめられず、今日も私は宿泊先のヴィラにあるプライベートプールで水遊びを楽しむ。

「毎日毎日、プールばかりで飽きないか？」

そう言いながらも柊くんは私に付き合ってくれる。

「楽しいよ。プールなんて普段、全然行かないもの」

プールに入るからといって別に泳ぎ回るわけではなく、ただ水の感触を堪能したり、たまに浮き輪に乗って空を見たりする。

ここに来てから私は、お金を使うより時間を使うことのほうが贅沢なのだと知った。

「それにこういう旅行って初めてだから。普通、旅行って言ったら観光でしょ？」

「そうだな」

このヴィラは市街地から車で三十分ほどの場所にある。

辺りは自然ばかりで、人の声なんてほとんどないような場所だ。

だから誰にも邪魔されることなく、こうしてふたりきりの時間を過ごすことができている。

あえて予定を決めず、思いつくがままゆったりと好きに一日を過ごすというのは、人によってはもったいないのかもしれない。

でも私にはどうやら合っていたようで、一日中柊くんとお喋りしたり、お茶をしたり、夜はお酒を飲んでみたり、究極の無駄な時間が楽しくてたまらなかった。

「明日はどこか行ってみるか？」

「うん」

式を挙げておよそ一年経つけれど、柊くんの表情はずいぶんやわらかくなったように思う。

張り詰めていた空気もだいぶ薄れ、気の抜けた笑みを見せることも増えた。

「穂香の好きそうなツアーがあるんだ。パンフレットをもらってあるが、見るか？」

「見る見る。どんなツアー？」

浮き輪から降り、プールサイドに上がりながら質問する。

「トレッキングツアーだ。無人島の散策ができるらしい」

「おもしろそう。絶対暑いだろうし、水分補給必須だね」

私よりひと足先にプールサイドに上がっていた柊くんが、バスタオルを差し出してくる。

ありがたく受け取って、湿った身体を丁寧に拭った。

「柊くんはいいの？　新婚旅行なのに、私に予定を合わせてばっかりじゃない……？」

「それが一番楽しい」

「それでいいならいいけど……」

思えば彼は、うちにいた頃も私の後をついて回ってくるだけで、自分から進んでなにかしようとしない人だった。

今も私にくっついて回るのが好きなのかもしれない。

あるいは、好き勝手遊ぶ私が心配で目を離せないとか。さすがにこの年で、そういう心配をされるのはちょっと複雑だ。

ヴィラの中へは、プールサイドから直接行けるようになっていた。

一軒家の庭にプールがある状態、というのが一番近いだろうか。

まだ乾ききらない身体のままヴィラに足を踏み入れ、着替えのために洗面所へ向かう。

ドアを閉めようとしたところで、寝室のほうから声がした。

「こっちで着替えればいいのに」

「着替えないよ……！」

いくら夫婦になったからって、そして何度も肌を重ねたからといって、柊くんの前で着替えなんてできるわけがない。

考えただけで恥ずかしくなり、顔が熱くなった。

「……すぐ変なこと言うんだから」

あきれたつぶやきはたぶん柊くんに聞こえていない。

濡れた水着を脱ぎ捨て、もう一度タオルで身体を拭いてから新しい服に着替えた。

沖縄に来てからずっとノースリーブのワンピースを着ているが、今日もそうだ。

髪を乾かしてから洗面所を出ると、リビングのソファでくつろぐ柊くんの姿がある。

そして彼が座っている前に置かれたテーブルに、パンフレットがあった。

「それがさっき言ってたツアーの？」

「ああ」

いそいそと彼の隣に座り、パンフレットを手に取る。

トレッキングツアーというだけあって、中は見事な青空とエメラルドブルーの海、そして心躍る大自然の説明が書かれていた。

「柊くんがいいなら行きたいな。いい運動にもなりそう」

「散々プールにいたくせに、まだ運動し足りないのか？」

「言うほど、泳いだわけじゃないしね。……あ、見て。シュノーケリングもできるって」

柊くんとこんなふうに過ごしているなんて、結婚したばかりの自分に言ってもきっと信じないに違いない。

過去の自分に対し、ほんの少し優越感を覚えながら、ツアーについて柊くんとあれこれ話を続けた。


翌日、さっそく私たちはトレッキングツアーに参加した。

無人島内をガイドに従って散策し、山や滝、海辺を見て回る予定だ。

ばっちり堪能するぞと張り切っていたのはいいけれど。

「階段を作った人って天才だね……」

滝へ向かう道中、うっそうと植物に囲まれた坂道を歩きながら荒い息を吐く。

大自然の中に階段などなく、人が通った跡がかろうじて道になっている程度だ。

湿った落ち葉で非常に歩きづらく、手すりなんて親切なものがないために、転ばないよう常に気を張っていなければならない。

心身ともにすっかり消耗し、同じツアーに参加する人々から遅れてしまう。

「きついなら少し休めばいい。無理するな」

まだまだ体力を残しているらしい柊くんが心配そうに声をかけてくる。

私が行きたいと言ったのに、気を使われているのは申し訳ない。

「大丈夫だよ。滝の音だってしてきたし、もうちょっと……」

言いかけたところで、足を踏み外して滑る。

「あっ」

転びそうになり、咄嗟に前に手をつこうとした。

だけどその手が湿った落ち葉や土ではなく、柊くんの身体に触れる。

「危なっかしいな」

苦笑交じりの声とともに、柊くんがつぶやく。

一拍置いて、転ぶところを彼が助けてくれたのだと理解した。

「ごめんね、ありがとう」

「やっぱり休んだほうが」

「でも、ツアーの人からも遅れちゃってるし」

柊くんの手を借りながら体勢を整えていると、彼はなにを思ったのか、突然私に背を向けて屈んだ。

「大丈夫？　どこか痛めた？」

「違う。背負ってやろうかと思って」

「……ここで？」

坂道はまだ続くし、足場も悪いまま。なんならこれから滝に向かうのだから、足もとが濡れてもっと歩きづらくなる可能性がある。

それなのに彼は、私をおんぶしようとしているらしい。

「休憩して遅れるのは嫌なんだろう。だったらこうするしかない」

真面目に言うのを聞いて、その気遣いと手段に胸が温かくなった。

「……ありがと。でも危ないからやめておくよ」

私を背負おうとする柊くんを立ち上がらせ、呼吸を整えてからその手を握る。

「代わりに手を引っ張ってくれる？　もしかしたら、これも危ないかもしれないけど

「……」

「また転びそうになったら俺が支えてやる」

柊くんはまだ私を気にかけているようだったけれど、ひとまず手を引くだけで平気そうだと判断したようだった。

大きな手はたくさん歩いたせいかひどく熱くて、なんとなく懐かしい気持ちになる。

「昔のこと、思い出しちゃった」

歩きながら言うと、柊くんがちらりとこちらを振り返った。

「私が柊くんを好きになったのはおんぶしてもらったときだったから」

「……初めて聞いたな」

「いつだったのかな、あれ。でも、広い背中をすごく頼もしく感じたの。ずっと一緒にいたいなって」

あのときどうしておんぶされる羽目になったのだったか。たしか、転んで泣いてしまったからだったように思う。

「今も頼もしいのは変わらないね」

照れ臭くなりながら言うと、握っていた手にぎゅっと力を入れられた。

「そうか」

こちらを見ずに言った言葉は少し素っ気ない。

だけど結婚三年目を迎えた私には、彼が照れているのだとわかった。

長く楽しい一日が瞬く間に過ぎ、すっかり空が暗くなった。

ツアーから帰ってきた私たちは、夕食を済ませ、眠る準備を整えてからヴィラのテラスに集合した。

「さっきまで夕陽がきれいだったのに、もう真っ暗」

「なんの明かりもないな。星だけだ」

テラスには椅子が二脚と丸いガラステーブルが一台。

ふたりで並んで座り、琉球《りゅうきゅう》ガラスのグラスで乾杯する。

「今日も楽しかった。柊くんは？」

「楽しかった。水族館に行くより、シュノーケリングのほうがいいな」

「あ、わかる。ダイビングとはまた違うのかな？　これも機会があったらやってみたいね」

「調べておく」

今日を振り返って晩酌するのは、新婚旅行中に限った話ではない。

家にいるときも、ときどき私たちはこんなふうに話をした。

柊くんの仕事が早く終わった日の、ちょっとしたお楽しみだ。

「もう旅行も折り返しだね」

「早いな」

「帰ったらまた仕事かぁ」

星明かりを見ながらげんなりと息を吐く。

昨年の秋から、私は新しい仕事に就いていた。

柊くんはミルホテルか、そうでなくてもグループ企業の中のどこかで働けばいいと言っていたけれど、あまりほかの社員を気遣わせたくなくて違う企業に勤めている。

もう少し優秀だったら柊くんの秘書をやれたかもしれないが、残念ながらそこまでのスキルを身につけるには時間がかかりそうだ。

「俺も仕事に戻りたくないな」

「そんなこと言ったら、また満さんから連絡が来ちゃうよ」

ふたりの後継者はようやく受け入れられ、地盤が固まってきたところだ。

こうなるまでを長いと見るのか、短いと見るかはわからない。でも、これといった損害は出ていないのだからいいんじゃないかと思っている。

今は新しい事業を立ち上げるために奮闘しているらしい。

ふたりのプロジェクトは、きっと成功するはずだ。なにせ、兄弟が生まれて初めて行う共同作業なのだから。

「そう考えると、俺は今までずっと忙しかったんだな」

椅子の背にもたれた柊くんが、ちかちかと瞬く星空を見つめながら言う。

「なにかに追い立てられるように生きてきたから、今は不思議な感じだ」

穏やかなひと言は、彼がかつてと違う生き方をしていることを明確に表していた。

「今と昔、どっちのほうがいい……？」

「今に決まっている。……お前がいるから」

星空から私に目を向けた柊くんが優しく笑った。

内容はともかく、あの頃のほうがよりはっきりした目的を持って生きてきただろうに、私がいる今のほうがいいと言ってくれる。それがうれしい。

「だったら、よかった」

そう答えると、沈黙が落ちた。

遠くから聞こえる波の音が心地よくて、目を閉じればすぐに寝てしまいそうだ。

「……あ」

不意に柊くんが声を上げる。

「流れ星だ。見たか？」

「ううん、見えなかった。どこ？」

「あの辺りだな」

指し示された空は暗く、もう流れ星はない。

「残念。見たかったな。ちゃんとお願いした？」

「いや、忘れていた」

「じゃあもう一回流れるのを待っていようよ。今度はちゃんとお願いを用意して」

降るほどにきらめく星空を見上げ、私もお願いを考えてみる。

柊くんと、幸せな思い出をたくさん作れますように。

あの頃はフェルトで作った星のお守りに込めた祈りを、今度は本物の星に祈る。

心の中で願いの形が決まったのと同時に、きらりと空に光の筋が流れた気がした。

あとがき

こんにちは、晴《はる》日《ひ》青《あお》です。

このたびは『ヤンデレ御曹司の重すぎる激情で娶られました〜契約妻のはずが溺愛で離してもらえません〜』をご購入いただき、誠にありがとうございます。

本作は、ちょっとずつ掛け違ってしまったボタンを、もう一度掛け直すお話になります。

もしかしたら誰も幸せになれなかったお話でしたが、渦中にいるヒーローの柊くんが穂香さんに救われたことで、一番いい未来を手に入れられたのだと思っています。

本作は表紙のふわっとしたきらびやかさとは対照的に、『ヤンデレ』というほんのり不穏なタイトルになっております。

個人的にはピュアピュアな純愛だと思っているのですが、たしかに傍から見たらやっていることが危なっかしいかもなとちょっと楽しくなり